모든 순간에 꽃은 피듯이

요즘 너의 마음을 담은 꽃말 에세이

모든 순간에 꽃은 피듯이

초판 1쇄 인쇄 2021년 7월 26일
초판 1쇄 발행 2021년 8월 2일

지은이 김은아
펴낸이 한준희
펴낸곳 ㈜새로운 제안

책임편집 장아름
디자인 이지선
그림 강영은(ye0615@naver.com)
마케팅 문성빈, 김남권, 조용훈
영업지원 손옥희, 김진아

등록 2005년 12월 22일 제 2020-000041호
주소 (14556) 경기도 부천시 조마루로385번길 122 삼보테크노타워 2002호
전화 032-719-8041
팩스 032-719-8042
이메일 webmaster@jean.co.kr
홈페이지 www.jean.co.kr

ISBN 978-89-5533-617-7 (03810)

모든 순간에 꽃은 피듯이

요즘 너의 마음을 담은 꽃말 에세이

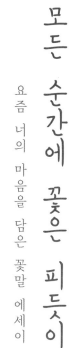

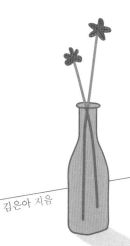

김은아 지음

새로운제안

프롤로그

        책을 쓰면서 한 평범한 여성을 만났다. 어느 겨울 그녀는 자영업을 하는 부모 밑에서 태어났고 물만 주면 알아서 잘 크는 관엽 식물처럼 순하고 무탈하게 자라났다. 사회 초년생이 되자 그녀는 말간 눈을 깜박이며 얼핏 떠오르는 전문직 여성의 표상을 마음속에 그려가기 시작했다. 뾰족구두, 고액 연봉, 빨간색 스포츠카.

  그녀는 회사에서 책상에 얼굴을 파묻고 성실하게 일했지만, 그것과는 별개로 마음이 마른 나뭇잎처럼 너덜너덜 떨어지고 편편이 갈라져 부스러지는 것을 심심찮게 느꼈다. 온전한 자신을 찾기 위해 퇴사와 이직을 반복했고 서른 즈음 유학을 홀홀 떠났다. 그러다 30대의 마지막 날 회사 생활을 마치며 책상 앞에 앉아 자신의 이야기를 글로 남기기 시작했다. 대한민국에서 비정규직 김 아무개 씨로, 얼떨결에 김 과장으로, 서비스직 여성으로, 그리고 팬데믹 시대에 생존하는 프리랜서로 살아가는 이야기를.

지금 내 마음속에는 나의 이야기를 듣고 있는 친구 같은 당신이 있다. 나보다 젊거나 동갑인, 어쩌면 언니일 수도 있다. 이 책을 읽고 있는 당신과 나는 어느 화창한 날 공원 벤치에 마주 보고 앉아 솔직하면서도 가볍지만은 않은 수다로 속마음을 꺼내놓기 시작했다. 잔잔한 바람 속에서 흘러나오는 대화는 약간의 머뭇거림을 거쳐 운을 떼었고, 우리는 어설프고 엉뚱한 풋내기 시절의 이야기에 "으하하" 하며 꽃망울이 터지듯 화기롭게 웃어댔다. 그러다 가슴이 시큰해질 정도의 안타까움에 젖어 들어 해 질 녘 해바라기처럼 고개가 수그러들기도 했다.

　듣다 보니 남의 일 같지만은 않은 나의 이야기에 당신은 무릎을 '탁' 하고 칠지도 모른다. 나아가 바쁜 일상 속에 묻어둔 과거의 자신과 뭉클하게 재회할지도……. 입사와 퇴사, 누군가를 사랑한 만큼 아팠던 기억은 우리의 일상을 점철해온 것이기에. 그 기억 속에는 순간의 감정이 아련한 향기와 빛깔로 물들어 있고, 지금의 우리는 그때의 순간을 예전보다 여유롭고 유연하게 바라볼 수 있다. 마치 공원에 핀 한 송이의 꽃을 지긋이 바라보는 듯한 시선으로. 돌이켜 보면 꽃처럼 아름다운 시간이 아니었다 해도 그때를 바라보는 지금의 시선이 아름답다면 삶이 분명 자라고 있음을 느낀다.

각각의 이야기는 단편적인 기억을 담고 있으며 그 순간의 공기 속에서 나처럼 호흡하며 성장해갔을 꽃과 식물, 나무를 떠올리며 문장을 이어갔다. 이는 내가 무엇보다도 자연의 순수함에서 적지 않은 위로를 얻기 때문이다. 일을 하다가도 창밖으로 어김없이 손을 흔드는 가로수를 멀거니 바라보곤 한다. 책상 위 요요한 꽃 한 송이에 얼굴을 가까이 대고 눈을 마주쳐 볼 때도 있다. 그럴 때면 분주한 일상의 시간과 서서히 피는 꽃들의 시간, 그 사이 어딘가에 있는 나를 발견한다. 꽃을 느긋하게 바라볼 때마다 나 자신을 여유롭게 바라볼 수 있었다. 루이스 헤이의 말처럼 무언가를 사랑의 시선으로 볼 때 나 자신을 사랑하는 일도 쉬워지는 법이니까. 그래서 힘들 때면 구구절절한 충고보다 싱싱한 꽃 한 송이를 선물받고 싶다. 그 생기와 투명한 빛깔을 오랫동안 바라보노라면 마음에까지 향기가 자연스레 스며든다.

꽃과 함께 적은 꽃말은 기존의 꽃말에서 벗어난, 감정이 이입된 짧은 시나 글귀라 하겠다. 글을 쓰는 지금도 내 책상에는 꽃 한 송이가 자리잡고 있다. 손 한 뼘 되는 작은 화병에 북슬북슬한 거베라 한 송이가 터를 잡고 느리지만 꼿꼿한 생을 살아간다. 찬찬히 들여다보면 분홍색에 밝은 형광이 돌아 생기발랄하다. 이제 나는 친구 같은 당신에게 부드럽고 친절한 미소를 닮은 분홍색의 거베라를 건네고 싶다. 그리고 손을 잡고 말하고 싶다.

'당신의 모든 순간에 꽃은 피고 있다고.'

끊임없이 꽃대를 올리는

한 송이 노란 프리지어처럼

스스로 지켜오고 살아내는

환한 우리들에게

차례

2부. 왜 그 일을 하나요?

3부. 슬픔에 대한 존중

1부

여사원의 봄 :

장미

꽃처럼 느리면 어때
서서히 피어나는 꽃잎처럼
깊게 물들어가는 얼굴처럼
오롯이 살아갈 수만 있다면

늦은 출근

:

　　"월급이 150인데, 너라면 골프 치겠냐? 님은 취준생을
몰라도 너무 몰라."

　어느 새벽 비몽사몽 중에 중얼거릴 때였다. 쨍쨍쨍쨍, 다그치는
듯한 시계 알람이 울려댔고 아침 여섯 시를 알렸다. 저항이라도 하
듯 이불을 머리끝까지 덮어쓰다 마지못해 손을 뻗어 시계를 '톡' 하
고 때렸다. 가까스로 몸을 접어 앉았다. 게슴츠레 뜬 눈에는 너저분
한 방 안의 모습이 들어왔다. 식은 커피가 담긴 머그잔과 코를 푼 휴
지가 머리맡에 보였고 형광펜이 직직 그어진 책들이 주변에 펼쳐져
있었다.

《하늘을 나는 여우, 스튜어디스의 해피 플라이트》
《죽기 전에 승무원 하고 싶다》
《한 번에 합격하는 면접 노하우》

책 제목은 나에게 열망 — 누가 보기에는 헛바람 — 을 품게 할 만큼의 강한 뉘앙스를 풍겼다. 늦은 밤 혼자 "우쥬 플리즈" 하며 영어로 중얼거리고, 병가를 내고 올림머리로 면접을 보러 다니며, 10개월 카드 할부로 승무원 양성 학원을 등록하게 할 만큼.

미지근한 물에 세수를 하고 물기가 조금 남은 뺨을 손으로 두드렸다. 그러다 거울 속 모습을 살피기라도 하듯 들여다봤다. 어깨가 구부러진 건 아닌지 얼굴이 비대칭은 아닌지 갸웃갸웃하다 뚝 끊긴 산맥처럼 앞부분만 남은 눈썹에 시선을 고정했다. 며칠 전 면접을 위해 다듬었는데, 제모용 칼날이 어찌나 예리한지 끝부분을 민둥하게 밀어버리고 말았다. 까끌까끌한 눈썹을 매만지던 나는 맥락 없이 입꼬리를 끌어 올리며 미소 짓는 연습을 했다. 얼마 전에 있었던 면접을 떠올리면서.

아랍 에미리트에서 온 구릿빛 피부의 면접관은 일대일 대화 도중 골프에 대해 질문했다. 두바이에는 골프클럽이 많은데, 골프를 좋아하냐고.

"웰…… 엄……."

현실과 괴리가 있는 질문에 눈은 끔벅끔벅했고 입꼬리는 점점 내려갔다. 골프라는 단어를 입 밖으로 꺼낼 일이 없다 보니 '골프하다'가 영어로 'play golf'인지 'do golf'인지 헷갈렸다. 적당한 유도리로 'like golf'라고 하면 무난하게 넘어갈 수 있는데, 그럼 또 추가 질문으로 이어질 게 뻔했다.

"노우, 노우. 아이 돈 라이크 골프……"

억양이 내려가면서 마음도 '프' 하고 새어 나갔다. 면접관은 '그래서 그게 다야?' 하는 표정으로 내 입술을 응시하더니 더는 묻지 않았다. 그리고 몇 시간 뒤 합격자 발표가 있었다. 환호성을 지르며 서로를 끌어안고 날뛰는 무리 속에서 터덜터덜 걸어 나와야 했다. 한낮의 햇살은 무언가를 들쑤시기라도 하듯 따가워 눈살을 찌푸리게 했는데, 그렇게 구겨지는 게 얼굴만은 아니었다. 스프레이를 잔뜩 뿌려 비스킷처럼 딱딱해진 머리카락과 두꺼운 화장이 비현실적으로 느껴졌다.

국내선 비행기도 한 번 못 타본 내가 승무원이 되겠다는 것 자체가 뜬구름 같은 생각이기는 했다. 엄밀히 말하자면 꿈이라기보다 그 직업이 표상하는 번지르르한 이미지를 욕망하는, 부풀 대로 부푼 비눗방울에 가까웠다. 말쑥한 유니폼, 세계 여행, 호화로운 호텔 같은 것을 상상하면 공중에 붕 떠 있는 듯한 황홀감에 빠져들곤 했으니까. 그 상상의 모습에는 두 발로 기내 통로를 다다다다 걸어 다니는 일의 실체는 없었다. '치킨 드릴까요? 비프 드릴까요?' 하며 골백번 물어야 한다는 것, 화장실 변기가 막히면 굳지 않은 표정으로 뚫어야 한다는 것, 상공에서 웃다가 뛰어내릴 수도 있다는 것 등은.

막연히 무언가에 휩쓸리게 된 건 졸업을 앞둔 해부터였다. 명절 때 친척들이 모이면 사촌 오빠는 내 또래를 방으로 쪼르르 불러 모았고, 고개를 한쪽으로 기울인 채 참견인지 관심인지 모를 질문들을 던졌다.

"영문과 나와서 취업이 잘 될까? 경영학과 복수 전공 안 했어?"

"시집갈 돈은 좀 모았어?"

대답하기도 뭐한 상황에서 목소리가 모기처럼 작아지더니 얼굴이 화끈거렸다.

"그게……."

상황이 반복되자 어느 순간부터는 구석에 몰려 물불을 가리지 않는 사람처럼 이를 '악' 하고 물 듯한 일종의 오기가 일었다. '그럴싸한' 대답만이 갑갑하고 체할 것 같은 상황에서 벗어나게 하는 유일무이한 방법이었다.

'하늘을 나는 여우'가 언제 될지, 되기는 하는 건지 미래가 불투명해지자 궁여지책으로 외국계 담배 회사의 계약직 리셉셔니스트로 입사해 유사한 경력을 쌓기로 했다. 영어를 사용하고 사람을 응대하는 서비스직이니 승무원과 얼추 비슷하지 않은가. 게다가 "오, 거기 들어갔어? 잘됐네" 하며 헹가래를 치는 듯한 주변의 띄워주기식 반응도 결정에 한몫했다. 실상은 기초 영어 수준의 전화 받기, 우편물 보내기, 문 두드리는 사람 들여보내기, 문구 신청하기 등 잔심부름에 가까운 일이었지만.

안내 데스크에 앉아 있으면 오만 가지 사람들이 오갔는데, 그중에서도 또각또각 소리를 내며 복도를 지나가는 여성 간부의 모습을 나는 부러운 눈으로 물끄러미 쳐다봤다. 가끔은 화장기 없는 푸석한 얼굴을 보고 그녀인지 알아보지 못한 채 "누구세요?"라고 물어 실례를 범하기도 했지만.

그녀가 밀가루 반죽처럼 허옇게 부푼 얼굴에 안경 하나만 쓰고 헐레벌떡 사무실로 뛰어갈 때면, 그 아우라에서도 지적이고 당당한 포스가 느껴졌다. 그런 부러움은 흐릿한 스모그처럼 일상에 번졌고 특정한 것에서 더욱 증폭됐다. 이를테면 서울이 장난감 도시처럼 한눈에 내려다보이는 임원실, 그녀에게 제공되는 고급 세단, 청바지를 입어도 노동자처럼 보이지 않는 멋스러움 같은 것들이었다.

안내 데스크에서 일한 나는 복도에 서 있는 키가 큰 고무나무처럼 덩그러니 입구를 지켰다. 로비는 종일 오가는 이들로 들끓기는 했지만 가끔 썰물이 빠져나가듯 한산하고 기적처럼 조용한 순간이 몇 번 있기도 했다. 하지만 그 고요한 순간은 어떠한 불편함으로 다가왔다. 위압적일 만큼 큰 회사 로고가 안내 데스크 뒤에서 강한 빛을 뿜어냈는데, 그 열기가 피부를 쩍쩍 갈라지게 하면서 화장을 겉돌게 했다. 그보다 더 명확한 이유도 있었다.

"언니, 문 좀 열어주세요."

"저기요, 퀵서비스 좀 불러주세요."

"여기요, 왜 창고에 볼펜이 없어? 아이씨."

동료에게 온갖 지시대명사로 불리다 보니 나라는 존재는 점점 지워지고 쓸모만을 위해 그곳에 비치된 '물체'가 된 것 같았다. 그러니까 출입문 버튼, 전화 교환기, 문구용품 카탈로그나 다름없는.

상념에 젖어 있다 얼굴의 물기를 닦고 옷을 입었다. 화장을 마치자 창밖의 어둠이 서서히 밀려나고 날이 밝기 시작했다. 옆집의 달그락거리는 그릇 소리와 집 앞을 오가는 자동차 소리에 서둘렀다.

토스트로 아침을 때우고 커피를 마시는데, 식탁 한편에 놓인 붉은 장미 한 송이가 그날따라 눈에 들어왔다. 며칠 전 입사 환영식에서 받은 뒤 작은 컵 속에 아무렇게 담가둔 꽃이 그새 만개했다.

봉긋했던 꽃망울이 얼굴을 드러내며 활짝 피어 있었다. 그렇게 꽃은 피는데, 나의 시간은 그러지 못하는 것 같았다. 부딪치고 부딪쳐서 꺾여 있을 뿐⋯⋯. 한참을 말없이 바라보자 눈에 어릴 만큼 강렬한 빨간 꽃잎이 냉랭한 가슴을 서서히 달구었다. '그래도 이겨내야지, 나아가야지'라고 하면서. 한 시간 반 남짓 걸리는 기나긴 출근길을 뒤로한 채 멈춘 듯 피어나는 꽃의 시간 속에 조금 더 머무르고 싶었다.

'느려도 좋다. 오롯이 피어날 수만 있다면.'

장미 고풍스러운 아름다움으로 시대를 초월해 사람들에게 가장 사랑받는 꽃이다. 장미는 줄기가 굵고 단단하며 잎사귀가 깨끗한 것을 선택해야 좋다. 살짝 피어 있는 꽃봉오리 상태로 구매하면 우아하게 개화하는 모습을 감상할 수 있다.

안개꽃

작게 빛나는
무수한 삶들이
눈처럼 사록사록 피어나는
눈부신 꽃밭

이 맑은 얼굴 가운데
애쓰지 않고
소중하지 않은 게 있을까

소중하지 않은 것

:

입사 뒤 거울 속 내 모습에는 사회 초년생의 설렘이 묻어 있었다. 눈두덩이에 아이섀도를 여러 번 바르고 평소보다 볼터치를 진하게 덧칠했다. 머리카락을 구르프로 말자 구불구불한 컬이 생겼는데, 그것만으로도 활기가 더해졌다.

한여름 전철에 탄 사람들은 땡볕의 식물처럼 맥없이 축 늘어져 보였다. 그 속에서 손잡이만 간당간당 붙들고 있던 나는 몰려오는 인파에 휩쓸려 몇 차례 휘청거리다 물렁한 뱃살과 널찍한 등판 사이에 끼어버렸다.

열차 안은 고요했다. 굵직한 기계음 위로 콧김을 내뿜는 소리만 가느다랗게 들릴 뿐이었다. 꼼짝달싹 못 하는 몇 십 분간의 밀착, 그 민망함과 불편함 속에서 시선을 어디에 두어야 할지 고민하다 누군가의 신체를 하릴없이 쳐다봤다. 샛길처럼 갈라진 정수리, 규칙적으로 움직이는 목젖, 손목에 튀어나온 미세한 심줄과 팔의 솜털. 가까이서 들여다보는 신체는 뭐랄까, 어떠한 원초적인 것을 느끼게 했다. 향수 냄새와 보드라운 섬유 유연제의 향은 증발하고 감출 수 없는 시큼한 땀내만 잠을 깨울 정도로 풀풀 날렸다. 결국에는 코를 막고 있어야 했는데, 이 밀폐된 공간에 삶은 없고 '생존'이라는 단어만 양계장의 닭처럼 빽빽하게 들어찬 셈이었다.

나는 이 무수한 사람들이 전투적인 아침을 견디는 데는 무언가 이유가 있을 거라고 생각했다. 일상의 밑바닥을 훤히 드러낸 듯한, 아무 표정도 달고 있지 않은 얼굴에는 질긴 무언가가 '척' 하고 붙어 있을 것 같았다. 가족, 사랑, 꿈처럼 지켜야 하는 것들이. 그런 생각이 들자 '생존'이야말로 따뜻한 단어라는 나름의 결론을 위안 삼아 내렸다.

찌부러져야 하는 출근길은 차차 견딜 만한 성격이었지만 그것과는 별개로 스스로가 납작해진 느낌은 뚜렷하게 감각됐다. 컬이 풀린 축축한 머리카락과 꼬깃꼬깃해진 블라우스, 그 구겨진 아침에도 "굿모닝!"이라고 밝게 인사하는 하루의 시작이 뭉그러지는 순간이 빈번했다.

어느 날 회사 로비에는 내 나이 또래의 남녀 대여섯 명이 우르르 몰려왔고, 어서 오라는 인사 팀장의 목소리가 확성기라도 대고 말하는 것처럼 쩌렁쩌렁 울렸다. "예!" 하는 구령에 가까운 대답, 통통한 볼살, 공들여 빳빳하게 세운 앞머리를 보아하니 회사만 아니면 서로 '야, 야' 했을 영락없는 신입 사원들이었다.

"알지? 오늘 대회의실에서 신규 입사자 오리엔테이션 있잖아."

"아, 네. 그럼 저도 자리를 비우고 참석하는 건가요?"

내가 달뜬 기분으로 묻자 팀장이 얼른 고개를 저었다.

"아니, 그건 아니고. 여기 다들 톱 매니지먼트 선발 과정으로 들어온 사람들이야. 잘 챙겨주라고."

그중 한 명이 "잘 부탁합니다" 하며 또랑또랑한 목소리로 내게 인사했다. 여기는 안내 데스크니까 필요한 게 있으면 말하라며 인사팀장은 소개인지 설명인지 모를 말을 하고 무리를 이끌고 이동했다.

"잘 챙겨줄 수 있는 게 물밖에 더 있나? 그건 본인이 알아서 떠 마시면 되고. 그나저나 톱 매니지먼트가 뭔데 잘 챙겨달라는 거야? 여기가 무슨 학교도 아니고."

내가 중얼거리자 옆자리에 있던 동료가 말했다.

"왜 있잖아. 톱 매니지먼트라고 해서 극소수 대학의 졸업자만 지원할 수 있는 특별 채용. 갓 서른인데, 목에 깁스하고 다니는 사람들 몇몇 봤지. 그 사람들이 그거라고."

그 프로그램은 일종의 로켓형 승진 티켓이라 할 수 있는데, 2년 동안 부서 업무의 전반을 파악한 뒤 팀장이 되는 파격적인 인사 시스템이었다. 그러니까 나이니 경력이니 다 필요 없고 떡잎 보고 될성부른 나무 하나 제대로 키워서 회사의 주축으로 세워두는 셈이었다.

순간 '잔챙이'라는 단어가 떠오르자 머리를 부르르 털고 자리에 앉았다. 우체부가 말없이 쓱 던지고 간 우편물을 부서별로 분류하던 나는 '2년 뒤'를 생각하지 않을 수 없었다. 그럴수록 스모그 현상으로 가시거리가 짧은 창밖의 모습처럼 희끄무레한 시간이 다가오는 것 같아 마음이 안개처럼 가라앉았다.

2년 뒤라 해도 지금과 다를 게 없지 않은가? 딱히 성과나 성장이라 말하기도 뭐한 허드렛일만 하고 있을 게 뻔했다. 그러다 계약이 종료되면 짐을 싸고 있거나 같은 급여에 계약 연장이나 하지 않을까 생각했고, 뜬금없이 고개를 숙여 무릎까지 오는 치마 아래를 흘끔 쳐다봤다. 승무원이 될 때까지만 다니기로 한 직장이었지만 무처럼 굵어지는 종아리를 볼수록 그 꿈은 현실성을 잃은 채 아득하게만 느껴졌다.

오후가 되자 톱 매니지먼트 입사자들의 책상에 기본적인 문구를 놓고 명함을 주문해야 했다. 공유 폴더에 들어가 업데이트된 조직도를 살펴봤다. 딱딱하고 명확한 도식에는 서열이나 보고 체계 외에도 다른 암호들이 비공개적으로 얽혀 있는 것 같았다.

　미팅룸을 쓰는 사람과 치우는 사람
　정규직과 임시직
　중요한 사람과 그렇지 않은 사람
　목소리가 커도 되는 사람과 그렇지 않은 사람

　촘촘한 조직도의 맨 끄트머리에 매달린 내 이름이 보였고 빨강 글씨로 'Temp.임시직'라는 유효 기간 표기도 눈에 들어왔다. 조직도의 하단에 붙어 있는 이름 중 몇몇은 익숙했다. 가만 보니 감정을 흘려보낼 곳이 마땅치 않았는지 그렁그렁한 눈으로 1층의 안내 데스크까지 내려와 내 앞에서 코를 훌쩍거리는 계약직, 주임급의 언니들이었다.
　"안 그래도 잘하려고 하는데, 부장이 계속 인상을 쓰니까 불안하잖아."
　"이제는 모니터를 아예 내 쪽을 향해 놓았더라. 나 뭐 하나 감시하려나 봐."

그들은 내게 푸념을 늘어놓은 뒤 질펀한 눈을 닦고 거울을 들여다보고는 다시 자리로 돌아가 아무렇지 않게 일을 했다. 자판을 두드리고 "네, 네, 부장님" 하고 코맹맹이 소리를 내면서.

어둑어둑한 퇴근길의 발걸음은 왜 그런지 무거웠다. 무언가 채워지지 않은 하루의 밤은 오히려 더 무겁게 다가오는 건지도 몰랐다. 허전한 마음의 부피를 채우려는지 거리를 걷다가 주머니를 뒤져 노점에서 아주머니가 파는 안개꽃 한 다발을 샀다. 만 원을 건네는데, 가늘고 부스스한 아주머니의 동그란 파마머리가 문득 안개꽃 뭉치와 닮았다고 생각했다. 밤의 안개꽃은 소복소복 내리는 가볍고 환한 눈처럼 씁쓸한 밤을 보들보들 매만졌다.

작은 무언가를 보고 아름답다고 느낀 건 오랜만의 일이었다. 엉켜있는 꽃 하나하나가 투명하게 빛날 때 생각했다. '이 무수한 얼굴 중 애쓰지 않고 귀하지 않은 존재가 과연 있을까?' 하고.

안개꽃 안개꽃 *Gypsophila*의 어원은 그리스어의 '석회 *gypsos*'와 '좋아하다 *philios*'에서 출발했다. 석회질과 모래가 많은 토양에서 자라며 야생의 안개꽃은 높이가 1미터 가까이 된다. 안개꽃은 영어로 'baby's breath'라고도 불리는데, 아기가 숨을 쉬는 것처럼 귀엽고 앙증맞은 꽃의 느낌이 이름에도 묻어난다.

램스이어

마음이 추울 때는
네 손을 잡아야지
보슬보슬한 장갑처럼
따스하게 감싸고
말없이 보듬는 손

뻗어가는 잎맥에게 물었지
네가 걷는 푸른 길은
어떻게 가야 하는지
네 손을 꼭 잡으면 알 수 있을까

분수가 분수를 모르고

:

　　　　안내 데스크에는 칙칙한 사무용품이 흐트러져 있었다. 두꺼운 궁서체로 '결재'라고 새겨진 결재판, 검정 볼펜, 밋밋한 수첩 한 권. 모두 실용만이 강조된 값이 저렴한 것들이었기에 둔탁하고 거무튀튀했다. 따분한 그곳에는 처리하지 못한 일들도 가득했다. 이메일로 쉴 새 없이 들어오는 자질구레한 요청 사항, 사내 비품 목록 업데이트, 각종 영수증 처리 등. 시간은 유유히 흘러가지 못하고 쌓여가는 서류 더미 속에 적체되어 있다가 무겁게 내려앉는 밤으로 다가왔다. 그럴 때면 회의감에 젖어 "여기서 뭐 하는 거지" 하며 혼자 중얼거렸고, 풀린 눈의 시선은 컴퓨터 모니터를 벗어나 손바닥만 한 푸릇한 잎 위에 살포시 내려앉았다.

　언젠가부터 데스크에 자그마한 꽃이나 식물을 하나 두고 싶었다. 아기의 손가락이나 발가락처럼 꼼지락거리는 잎, 옹알옹알 움직이는 꽃망울을 바라보면 살아 움직이는 듯한 생기가 느껴졌고 마음에

새 힘 같은 게 돋아나는 듯했다. 점심시간에 지하 꽃집을 두리번거리다 자그마한 램스이어도 그런 이유로 데스크에 데리고 왔다. 토끼의 귀처럼 길쭉한 잎에는 하얀 솜털이 나스르르 돋았는데, 그 보드라운 잎을 만지면 추운 겨울 북슬북슬한 장갑을 낀 듯한 따스함의 전도가 있었고 딱딱한 일상이 잎 위에서 조금은 야들해지는 것 같았다.

지난달 회사는 더 넓은 곳으로 이전했다. 도시의 빽빽한 전경이 내다보이는 42층 사무실에는 길이가 10미터가량 되는 복도 벽면을 타고 분수가 좔좔 흘러내렸다. 천장에서부터 물이 요란하게 쏟아졌기 때문에 복도를 오가는 이들은 한 번쯤 고개를 들어 분수를 올려다봤다. 굉음을 내는 자연의 거대한 폭포수처럼 극적인 분위기를 자아내지는 못했는지 사람들은 별 감흥 없이 쓱 훑어보고 지나갔다. 분수는 가끔 체면이 구겨지게 끅끅거리며 작동을 멈추기도 했는데, 하필 그날 글로벌 본사에서 금발의 임원들이 우르르 몰려들어왔다. 다급했던 공 차장은 인사 팀의 막내였던 나를 불렀다. 그는 얼굴만큼이나 둥글둥글한 융통성으로 돌발 상황을 적절하게 굴릴 줄 알았다.

"버튼을 눌러야 물이 나온다고요?"

"그래, 어쩔 수 없잖아. 회의 끝날 때까지 수고 좀 해줘. 지금 상무님이 얼마나 조마조마해하는지 알지? 그뿐이야? 이건 회사나 나라 이미지에도 영향을 주는 거라고."

버튼 하나 누르면서 나라 이미지니 뭐니 하며 거창하게 부풀어진 말이 어쭙잖게 들리기는 했다. 나라 이미지만 좋아지면 무슨 소용인가. 대학 나와서 남들이 좋다고 하는 회사에 들어와 기계 버튼만 누르는데. 오후 내내 입을 다물고 버튼만 꾹 눌렀다. 누르면 누를수록 '이걸 꼭 해야 하나' 싶은 반발심이 튕겨 올라왔다. 하이드 파크, 리젠트 파크, 킹스크로스 엘 알라메인 분수, 런던 곳곳에 널린 게 분수 아닌가. 그들이 사무실의 인공 분수 하나 보겠다고 유럽에서 이곳까지 온 사람들도 아니거니와 회의 내내 낙하하는 물만 공허하게 쳐다보고 있지도 않을 텐데.

분수는 5분 간격으로 '뚝' 하고 멈췄다. 그럴 때 틈을 주지 않고 재빠르게 버튼을 누르면 다시 '웽' 하고 떠들썩하게 울면서 천장에서부터 물을 뿜어댔다. 서너 시간 동안 반복된 그 일은 눈이 스르르 풀리고 나중에는 정신도 나르르 열리게 했다. 그렇다고 잠깐 졸거나 재미 삼아 무언가를 할 수도 없고 눈알 크기의 버튼만 바라보아야 하는, 한마디로 사람을 꽁꽁 묶어놓는 일이었다.

"여기서 뭐 해요?"

복도를 지나가던 직원들은 내가 반쯤 열린 컴컴한 기계실에 쪼그리고 앉아 무엇을 하는지 흘깃 들여다봤다.

"버튼 눌러요. 물이 안 나와서요."

몇몇은 농담인지 위로인지 모를 반응을 보이기도 했다.

"분수가 분수도 모르고 사람 힘들게 하네."

"이 분수는 보통 분수가 아닌가 봐요. 사람 잡는 걸 보면요."

분수는 다음 날에도 복구되지 못했다. 결국 장비 교체를 위해 내부를 드러내고 쿵쾅거리며 공사를 해야 했는데, 그건 중요한 회의를 망치는 일이자 급부상 중인 한국 시장의 체면을 구겨버리는 일이었다. 하는 수 없이 회의가 열리는 3일간 내가 기계실을 지키기로 했다.

약간의 요령이 생기자 5분의 틈을 두고 잽싸게 화장실도 가고 탕비실에서 커피와 사탕도 챙겨왔다. 3평 남짓한 기계실은 창문도 없이 음습했고 구린내가 났다. 커다란 물탱크 주위에는 굵직한 배관들이 수평과 수직으로 연결되어 있었고 곳곳에 달린 빨갛고 노란 스위치가 암호처럼 깜박거렸다. 그 주변에는 핏줄처럼 가느다란 전선들이 치밀하게 엉켜 있었다.

기계실 내부의 모습은 무언가 압도적이고 현란해서 묘한 기분에 휩싸이게 했다. 이를테면 나라는 사람이 축소되어 유기적으로 작동하는 거대한 기계의 내부에 들어온 느낌이었다. 마치 연속적으로 돌아가는 컨베이어에 장착되어 있거나 배관을 타고 유영하는 부품이 된 것 같은. 물탱크 속에 흐르는 물소리가 울리면 울릴수록 그런 느낌은 점점 증폭됐다.

적당한 곳을 비집고 청소 아주머니의 휴게실에서 빌려온 등받이 없는 플라스틱 의자를 놓고 앉았다. 무료함에 뭐라도 해야 했다. 무엇을 할 수 있을지는 모르겠지만. 처음에는 벽면에 달린 버튼의 개수를 속으로 셌고, 그러다 기계실에 시계가 없어서 그랬는지 굳이 "하나, 둘, 셋……" 하고 육성을 내면서 숫자를 셌다. 귀가 먹먹해지는 단조로운 박자의 기계음 사이에서 감정은 불규칙적으로 오르락내리락 움직였다. 그러다 일정한 명암을 더해갔다. 첫날은 투명했다가 날이 지날수록 회색빛으로 혼탁해지더니 점점 까맣게 어두워졌다.

모든 회의가 끝나자 상무가 수고했다고 한마디 건넸다. "아닙니다"라는 내 대답에는 혼자만 아는 씁쓸함이 묻어 있었다. 사실 시간을 통째로 내다 버리는 듯한 일은 전혀 수고스럽지 않았으니까 아니라고 말하는 게 맞기는 했다. 덧붙이자면 비참할 만큼 쉬웠고 나라는 존재가 작아졌다고 느낄 만큼 지루했다. 몹시 지루하고 지루해 몸이 땅속으로 꺼지는 것만 같았다. 데스크에 널려 있는 사무용품과 내가 다를 게 무언가. 볼펜처럼 여기저기 굴러다니다 계약이 끝날 즈음이면 닳고 소모되는 도구와 마찬가지가 아닐까.

허탈하게 자리에 돌아온 나는 자리에 앉았지만 좀처럼 일을 할 수가 없었다. 기계음에서 벗어난 상태였지만 머릿속이 여전히 웽웽 울리는 것 같았고, 그럴 때마다 어떠한 단어들이 반복적으로 나열됐다. 기계 땜빵, 대체, 적체, 만기, 쓸모…….

퇴근 시간이 30분가량 남았지만 무슨 일부터 해야 할지 망설여졌다. 수두룩하게 쌓인 이메일을 클릭하며 할 일을 메모하다 부질없는 것 같아 수첩을 덮어버렸다. 데스크에 놓인 램스이어 잎사귀만 만지작거릴 뿐이었다. 두툼한 이파리는 하얀 솜털로 뒤덮이기는 했지만 힘줄처럼 강하고 뚜렷한 잎맥을 그려나갔다. 어딘가로 뻗어나가는 자아처럼. 그럴 때면 스스로 인정하지 않을 수 없었다. 행복하지 않은 건 열심스레 살지 않아서가 아니라 나라는 존재가 점점 희미해져 가기 때문이라고.

램스이어　식물 전체가 은회색의 털로 덮인 허브 식물이다. 잎사귀가 새끼 양의 귀 *lamb's ear*처럼 삐침형으로 생겨서 '램스이어'라는 이름으로 불리며 만지면 보드랍고 푹신하다. 우리말로는 '솜우단풀'이라 한다. 추위에 강해 월동할 수 있으며 6~8월 사이에 자주색 꽃을 피운다.

히아신스

꽃 하나가
별처럼 푸르게 속삭였지
나와 여행을 가자고

고요한 밤하늘 한가운데로
바람에 부스대는 풀 향기 속으로
큼지막하고 둥근 달 아래로
잊고 지낸 누군가에게로

그리움이
향기처럼 스며드는 밤
우린 무엇을 잊고 살아온 걸까

별 이 빛 나 는 야 근

:

그날 거창한 일로 야근을 한 건 아니었다. 재고를 파악하던 나는 담배 더미 속에서 허우적거리다 기진맥진 넋이 나갔다. 늦게까지 일한 건 전산에 입력된 재고 수량과 실제 수량이 입이 떡 벌어질 만큼 차이가 났기 때문이었다. 며칠 뒤면 재고 실사가 있을 예정이었고 뿔테 안경을 쓴 깡마른 감사 팀장이 '하나, 둘……' 하고 소리까지 내면서 수량을 파악할 것이었다. 그런 검문과도 같은 절차는 신입인 나에게는 입이 바싹 마르고 머리끝이 쭈뼛쭈뼛 서는 일이었다.

첫 직장인 담배 회사는 복리 후생 차원에서 직원에게 매월 담배를 세 보루씩 제공했다. 달력이 넘어갈 때마다 사람들은 배급을 받기 위해 안내 데스크로 우르르 몰려왔고, 이름이 가나다순으로 나열된 장부에 수량과 종류를 직접 적고 물건을 받아가는 아날로그적인 방식이었다. 담배는 안내 데스크 아래에 있는 수납장에서 꺼내 나누어 줬다. 그 일은 팔과 허리, 그리고 무릎만 구부렸다 폈다 하는 맨손 체조 동작처럼 단순하고 반복적이었다. 데스크 아래로 상체를 수그려 담배를 꺼내는 내게 누군가 고개를 쓱 내밀고 질문을 던지는 경우도 왕왕 있었다.

"다음 달 담배 가불로 좀 안 될까요?"

"지난달에 가져간 거 교환 가능해요?"

그럴 때 내리는 결정은 말단 사원이 행사할 수 있는 유일한 권한이었지만, 쥐고만 있을 뿐 한 모금도 피지 못하는 금연가의 담배처럼 무용지물인 권한이기도 했다. '안 됩니다. 안 되죠. 전산 처리가 끝나서 그렇게는 못 해요'라고 내뱉으려다 도로 삼켜버리는 게 다반사였다. 애원하는 눈빛이 한때 단호했던 마음을 휘휘 젓듯 풀어놓으면 "그게 뭐 별건가요. 그렇게 할게요" 하며 최면이라도 걸린 사람처럼 입 밖으로 부드러운 말이 흘러나왔다. 업무의 효율보다 스멀스멀 내려앉는 감정의 호소에 반응하는 건 꽃향기에도 마음이 심하게 부풀어 오르는 특유의 감수성 때문이었다.

풍부하다 못해 조금은 과한 감성 때문인지 평소 나는 무 자르듯 딱딱 끊어지는 말투와 차가운 얼굴을 싫어했다. 안 그래도 삭막한 사무실에서 그런 싸한 표정을 마주하는 건 한겨울 냉탕에 몸을 담그는 것처럼 마음이 싸늘해지다 못해 '얼어붙음'의 상태에 이르게 했다. 일에서도 마찬가지였다. 자로 잰 듯 정확한 결과 수치에 집착하는 건 불필요한 피곤을 만들어낼 뿐이었다. 적어도 내게는 그랬다. 산다는 건 붕어빵 찍어내듯 모양이 딱딱 떨어지는 게 아니니까.

삶이 지닌 예측 불가능한 속성은 때로는 아침 출근길에도 진땀을 빼게 했다. 어느 날 일찍 집을 나섰는데, 전철에서 뱃속이 곤란하게 휘몰아치자 배를 붙잡고 열차에서 다급하게 내려야 했다. 역내 어딘가에 있을 화장실을 찾아 뛰어 들어갔고 지각으로 상사에게 핀잔을 들었다. 그런 것을 보면 인생은 공중을 부유하는 가로수의 잎처럼 어디로 떨어질지 모르는 것에 가깝지 않을까. 계획대로 안 될 때가 많으니까. 그러자 오차의 여지를 어느 정도 두면서 사는 게 마음 편하다고 느껴졌고, 오차를 여유라고 생각하는 — 누가 보기에는 자포자기에 가까운 — 삶에 대한 정념은 재고 수량에 큰 오차를 허용하게 했다. 좀처럼 받아들이기 어려운, 무능하고 심드렁한 사람만이 낼 수 있는 오차를.

먼지를 뒤집어쓰고 담배 개수를 파악해도 답이 없자 데스크를 정리하고 인사 팀 사무실로 올라왔다. 기둥 뒤 그늘진 한쪽 구석에 내 자리가 있었다. 교대로 돌아가는 리셉셔니스트 업무 외에 겨를이 있을 때마다 사무 업무를 보조하면 좋겠다는 상사의 지시에 나름의 승진이라 생각하고 각종 서류 업무를 도맡아 했기 때문이다. 자리에 앉아 재고 장부를 들여다보려는데, 이미 지쳤는지 머리가 꽉 찬 휴지통처럼 포화 상태에 이르렀다. 그렇게 힘이 죽 빠지자 '악' 하고 입을 벌려 먹는 햄버거의 포만감으로도 채울 수 없는 마음의 허기가 스르르 몰려왔다. 육즙이 흐르는 고기의 부드러움과 아삭한 양파의 싱싱함으로도 무디어질 수 없는, 뼛속까지 절인 피로에서 우러난 공허함이었다.

숫자가 오락가락하는 화면에서 눈을 떼고 하품을 시원하게 하는데, 흩어진 서류와 얼룩진 커피 잔 사이로 빼꼼히 얼굴을 내민 히아신스가 보였다. 낯설지만 그 파릇파릇한 생기가 싫지는 않았다. 흐리멍덩한 눈에도 꽃은 파란 별처럼 선명하게 빛이 났다. 그 모습이 귀여워 한참을 쳐다보자 작은 꽃 하나가 밍밍한 마음에 별 한 조각을 떨어뜨렸고, 화한 향기는 졸음을 깨울 만큼 시원한 봄 내음을 몰고 왔다.

문득 주변을 쓱 둘러봤다. 전화 한 통 울리지 않는 호젓한 사무실에는 사각사각 키보드 두드리는 소리만 적요하게 들렸다. 칸막이 위로 새까만 정수리를 드러낸 이들이 외딴 섬처럼 군데군데 있었고, 가만가만 대화하는 부장과 아이의 목소리가 낮게 들려왔다.

"아빠, 언제 와서 나랑 놀아줄 거야? 응?"

"오늘 늦는다고 했지? 자, 얼른 자야지."

그러자 아이는 아빠에게 돈 많이 벌어오라는 말을 낭랑하게 남기고는 전화를 끊었다. 옆자리의 김 대리는 시시덕거리며 누군가와 메시지를 한창 주고받는 듯했다. 그러자 평범한 일상의 무언가가 그리웠고 창밖을 바라봤다. 하늘은 이불을 덮은 듯 짙은 밤으로 물들었지만 그 고요함이 하늘에서 도시로, 각자의 삶으로 내려오지 못하고 어딘가에서 걸쳐져 있었다. 사람들은 아직도 낮의 시간을 붙들고 있으니까. 이따금 한 모금의 위로 같은 담배를 뻐끔뻐끔 태우면서 폐 속까지 깊게 들이마셔도 채울 수 없는 허무만 내뱉을 뿐이었다. 그러자 비매품 담배 재고를 맞추려 아등바등하다 소진된 내 모습이 서글프게 다가왔다.

그날 밤 나는 일을 내려놓고 턱을 괸 채 꽃을 바라봤다. 히아신스는 화답이라도 하듯 밤하늘의 고요 속으로 나를 데리고 갔다. 천천히 걷는 상상을 했다. 별빛 아래 들리던 풀벌레 소리가 자욱한 곳으로, 바람에 부스대던 풀잎의 향기 속으로, 큼지막하고 둥근 달 아래로, 잊고 지낸 누군가에게로.

졸음이 몰려오자 가방을 챙겨 나와버렸다. 밤거리 곳곳에는 일하는 얼굴들이 줄지어 늘어선 가로수만큼이나 흔했다. 불그스름한 포장마차 전구 아래 굳어가는 떡볶이에 물을 붓는 아주머니와 휑한 편의점을 지키는 아르바이트생. 그 피로에 물든 얼굴과는 상관없이 네온사인은 호객 행위라도 하듯 연신 뻘겋고 퍼렇게 번적댔다. 누군가의 고단함과 현란한 밤의 유흥, 그렇게 겉도는 도시의 밤은 어딘가 허전했고 서늘했지만 무거운 밤공기를 들어 올리는 산뜻한 무언가가 맴돌았다. 하늘에 별은 보이지 않았지만 그날 밤은 유난히 환하게 다가왔다. 히아신스 향기가 스며든 밤, 푸른 별 하나가 어디선가 아련히 반작거렸다.

히아신스　다년생의 알뿌리 식물이며 내한성이 강해 가을에 심으면 12~3월에 꽃이 핀다. 잎은 알뿌리에서 4~5개 정도가 길게 자라며 안쪽으로 오목하게 굽어 있어 굵은 꽃대를 보호한다. 꽃대의 상단에 종 모양의 꽃들이 피며 깊은 향이 매혹적인 봄의 식물이다.

담쟁이덩굴

아장아장 벽을 넘는
애쓰는 손짓 하나

구붓구붓 휘어지는 줄기
지난한 행로 속에
더딘 내 하루가 걸쳐 있을 때

푸른 손을 흔들며
나를 토닥이네
작은 하루를 알알이 사는 건
저 벽보다 단단한 삶이라고

언니는 헛되지 않아

:

집에 머문 토요일이었다. 2층 내 방에서 창문 밖을 내다보는데, 키가 부쩍 자란 녀석이 눈에 들어왔다. 작년에 몇 포기 심었던 담쟁이덩굴은 봄이 되면서 아장아장 벽을 타기 시작했다. 날이 풀리자 연둣빛 손바닥으로 벽을 짚고 위로 향하더니 어느새 재롱이라도 부리듯 옆으로 꼬물꼬물 기어가 물결을 그렸다. 진한 붓 자국처럼 점점이 찍힌 손자국에 담벼락은 한 폭의 수채화처럼 우거져 갔다.

벽을 물끄러미 바라보는데, 회사 언니의 얼굴이 아른거렸다. 몇 개월 전 처음 봤을 때 언니는 앳돼 보였다. 눈썹 위로 가지런한 앞머리와 귀밑까지 오는 검은 단발, 얼핏 스누피가 나오는 만화 영화 〈피너츠〉의 여주인공을 닮은 것 같았다. 그녀는 회계 부서에서 거래처 입금과 비용 정산을 담당하는 계약직 직원이었다. 동그랗고 커다란 안경 때문에 작은 얼굴이 도드라졌고 서른의 나이보다 어려 보였다.

이메일 계정에 영어 이름을 사용하는 외국계 기업의 특성상 사내에서는 언니를 '제인'이라고 불렀다. 제인, 중학교 영어 교과서에 등장했던 제인처럼 언니는 아침마다 "하이!" 하며 안내 데스크에 앉아 있는 내게 말을 걸었다. 대부분은 "오늘 바빠요?", "점심 먹었어요?", "화사하네. 요즘 연애해요?" 같은 일상의 따분한 공기를 환기하는 듯한 뉘앙스의 말이었다. 썰렁한 복도에 혼자 정물처럼 있던 나는 그런 살가운 말이 지닌 온기가 좋았다. 시린 두 손을 따끈한 커피 잔에 대고 있을 때 전도되는 훈훈함 같은 느낌이었으니까. 딱히 잘 보일 필요가 없는, 지나쳐도 그만인 사람에게 베푸는 호의는 사회 초년생의 긴장을 누그러뜨릴 만큼 온화했다.

내 자리는 통층으로 된 복도 중앙이었고 위층에서도 훤히 내려다보였기 때문에 성가신 시선에 둘러싸인 것처럼 거북했다. "왜 전화를 늦게 받지?", "자리를 또 비웠던데, 아까 보니까 그 자리에서 뭘 먹더라" 하는 소리를 사방에서 들을 수밖에 없었다. 평가와 감시가 익숙하지 않았던 시기의 나는 마음 붙일 누군가가 필요했고 그녀는 내 까끌까끌한 푸념을 받아주는 포근한 사람이었다.

언니와 함께 점심을 먹을 때면 건물 지하의 아케이드에 있는 식당

들은 너무 비쌌기 때문에 밖으로 나가 분식집 우동이나 백반집을 주로 찾았다. 서로 연관된 업무는 없었지만 언니와 나 사이에는 동질감의 인력이 작용했고 우리는 쉽게 가까워졌다.

"나는 2년 계약인데, 너도 그런 거지?"

"맞아요. 근데 1년만 버티려고요. 문지기처럼 앉아 있다가 심부름하는 자리라 오래 있을 필요가 없어요."

"그래도 다 쓸모가 있으니까 있는 자리야. 혹시 알아? 잘하면 정규직 공석으로 갈지도."

"그건 그렇죠. 근데 언니는 여기가 첫 직장이에요?"

"응, 난 대학원 졸업하고 공무원 시험 준비하다 접고 여기 온 거야."

할 만하냐고 묻자 언니는 활기차다 못해 다이내믹하다며 눈이 굴러가는 듯한 우스꽝스러운 표정을 지었다. 그러다 잠이 안 올 지경이라고 하얀 이를 드러내며 웃었다. 얼큰한 김치찌개를 먹어서 그런지 볼에 생기가 돌자 언니의 미소는 더욱 화사했는데, 그 모습이 문득 꽃을 닮았다고 생각했다. 기나긴 겨울이 지나고 핀 연분홍의 벚꽃처럼 작지만 분명 환한 웃음이었다.

퇴근할 무렵 가끔 우리는 근처 멀티플렉스에서 영화를 봤다. 그중에는 〈악마는 프라다를 입는다〉같이 말단 여직원이라면 공감할 만한 드라마 장르도 있었다. 비서인 앤 해서웨이가 악랄한 상사의 부름을 외면한 채 호출기를 분수 속으로 던져버리는 장면이 언니는 판타스틱하다고 했다. 날아다니는 영웅이 등장하는 영화보다 훨씬 짜릿했다고. 그때 우리는 화창한 봄날의 오후를 걷는 것처럼 느껴졌다. 실바람에 살랑이는 벚꽃처럼 어떠한 설렘이 우리를 들뜨게 했고, 무성한 나뭇가지 사이로 스미는 햇살처럼 소소한 것들이 공기를 데웠다.

짧은 봄이 지나갈 무렵부터 언니의 얼굴에는 그늘이 드리워지기 시작했다. 복도에서 눈이 마주치면 씩 웃고 지나갔는데, 입만 웃는 듯한 미소는 앙상한 나뭇가지처럼 메말라 보였다. 그러다 어느 날 언니는 뜬금없이 출입 카드를 내밀며 추스르지 못한 감정을 왈칵 쏟아냈다.

"나 오늘까지만 일하래. 잘 있어……."

그 얼굴은 누가 뭉그러뜨린 것처럼 잔뜩 일그러져 있었다. 언니는 고개를 떨구며 울음을 간신히 참았지만 어깨가 바르르 떨렸다. 슬픔이 얼룩진 모습 뒤로는 퇴근하는 무리가 모래알처럼 쏟아져 지나갔다. 복도의 분위기는 묘하게 나뉘었다. 언니와 무리 사이에 벽 하나가 세워진 것처럼 사람들은 우는 언니를 지나쳤다. 거기에는 어떠한 악의나 무시가 있는 건 아니었다. 생각이나 피로가 꽉 찬 얼굴과 쏜살 같은 걸음에는 누군가의 흐느낌을 알아차릴 만한 여유가 없었으니까. 그중에는 언니를 흘끔 쳐다보거나 멈칫하다 출입구로 향하는 회계부 사람들도 있었는데, 나와 눈이 마주치자 고개를 돌리고 나가버렸다. 지나쳐버리는 무리 속에서 언니는 존재감 없는 사람처럼 보였다. 벽에 붙어 있는 작은 덩굴 이파리보다 더……

숨을 헐떡거리던 언니는 일 처리가 느리고 실수가 빈번해 미운털이 박혔다고 부정확한 발음으로 흘리듯 털어놓았다. 상사가 자신을 답답하게 여겨 수습 기간이 끝나는 오늘까지만 근무하기로 했다고. 언니는 누군가를 원망하지는 않았지만 속이 텅 비어버릴 정도로 아프게 울었다. 계약서는 찢어버리면 그만이지만 마음은 그렇게 버리거나 뚝딱 잘라낼 수 있는 게 아니니까. 어쩌면 마음은 꽃처럼 살아 있는 것 같기도 했다. 숨 쉬고 자라나기 때문에 함부로 만지면 손상되고 시들고 꺾여버릴지도. 너덜너덜 떨어지는 마음을 간신히 잡고 떠나는 언니에게 어떻게 위로해야 할지 몰라 안절부절 서 있었다. 퇴근길에 "언니는 헛되지 않았어"라고 문자 메시지를 보냈지만 아무런 답이 없었다. 그 수렁에 빠진 듯한 시기에서 걸어나오기까지 어느 정도의 시간이 필요했을 터였다.

　나는 대학 시절 비슷한 경험을 했기에 언니가 느꼈을 허탈과 자괴의 깊이를 가늠할 수 있었다. 체대 입시 학원에서 저녁에 국어 강사 일을 했던 나는 2주 만에 해고 통보를 받았다. 카페에서 만난 부원장이 불쑥 내민 흰 봉투에는 주급 20만 원과 교재비 2만 원이 들어 있었다. 내가 얼떨떨한 표정을 짓자 학부모 항의가 들어왔다고 했다. "애가 수업 시간에 졸리다 하던데요", "선생이 무슨 말을 하는 건지 못 알아듣겠대요" 하며 불만이 터져 나왔다고.

　"이 바닥이 원래 다 그렇죠. 엄마들 입김에 강사 물갈이하는 건 흔하니까 상심할 필요 없어요."

　수업 시간에 엎드려 자거나 이어폰을 꽂고 만화책을 보던 아이들에게 형편없다는 평가를 듣자 서러움이 왈카닥 올라왔다. 아무도 듣지 않는 곳에서 존재감 없이 혼자 열띠게 떠든 무모한 시간을 보낸 것만 같았다.

　언니가 떠나고 마음이 무거워져 한동안 잊고 지냈던 담쟁이를 바라봤다. 가까이서 바라본 녀석은 삶의 감각을 터득이라도 하듯 거친

벽돌을 더듬거렸고 작은 틈으로 뿌리를 내려갔다.

부단하지만 더딘 시간

나아가다가도 휘어지는 구불구불한 시간

채워지고 쌓여가는 시간

그 속에서 담쟁이는 벽을 넘어가고 있었다. 묵묵히.

담쟁이덩굴　덩굴손의 빨판을 이용해 돌, 나무, 벽면에 붙어서 자란다. 종에 따라서는 줄기에 미세하게 나는 잔뿌리로 벽을 타고 오르기도 한다. 잎은 3~5갈래로 갈라진 손바닥 모양으로 생겼고 겨울에도 월동할 수 있어 사계절 내내 푸른 덩굴 식물이다.

수레국화

여름을 싣고 온
자그마한 꽃수레가
바람을 사르르 타고
신나게 춤을 추어요

둥글게 둥글게 흔들거리며
푸르게 푸르게 노래해요

세상에 떠밀려 가지 말고
야무진 씨앗의 심지를
꼭 쥐고 살자고

"우리 잠깐 얘기 좀 할까?"

복도를 지나가다 인사 팀장과 눈이 마주쳤다. 우리는 작은 회의실로 들어갔는데, 까칠하기로 소문난 그녀와 마주 앉아도 마음이 끈 풀린 운동화처럼 느슨했다. 꾸린 짐을 화물차에 싹 다 실어놓고 몸만 떠나면 되는 사람처럼 홀가분한 상태였으니까.

"자기야, 현실적으로 잘 생각해봐. 3개월만 놀아도 600만 원을 잃는 셈이야. 그 돈 아깝지 않아?"

언니가 동생한테 하는 듯한 충고였다. 일전에 그녀는 우편물 하나를 늦게 전달했다고 눈을 흘기고 소리를 지르지 않았던가. 그런 그녀가 나의 퇴사를 만류한다는 게 고맙기도 했다.

"싫증을 느낀 모양인데, 그냥 다녀."

팀장은 코끝을 찡그리며 설레설레 머리를 가로저었다. 두툼한 코에 생긴 자글자글한 주름만큼이나 그녀는 옴팡지게 일해왔다. 체로 밀가루 거르듯 직원 대다수가 우수수 떨어져 나가는 이직률 높은 회사에서 10년을 버틸 만큼 억척스러웠다. 그도 그럴 것이 가장인 그녀에게 일은 자식을 먹이고 키우는 젖줄이니까 안전띠처럼 꼭 붙들고 있어야 했다. 하지만 20대는 달랐다. 견고한 껍질을 깨고 불완전한 날갯짓으로 세상을 이리저리 감각하는 햇병아리 같은 시기였다. 스물다섯의 나는 좀이 쑤셔 더는 그 자리에 앉아 있고 싶지 않았다. 안내 데스크로 또각또각 걸어오는 발자국 소리, 짱알거리는 듯한 전화벨 소리, 모든 부서에서 날아오는 온갖 요구의 소리에 이미 넌더리가 난 상태였다.

한 번은 주말에 집에서 드르릉 낮잠을 자다가 전화벨이 울리자 화들짝 놀라 달려갔다. "네, 반갑습니다. 무엇을 도와드릴까요?" 하며 비몽사몽 전화를 받자 의아해하는 고모의 목소리가 들렸다.

"뭐라꼬? 네 누구냐?"

하루에 수십 번 울려대는 회사 대표 전화를 받다가 노이로제까지 걸렸다는 생각이 들자 결심이 굳어졌다. 팀장의 충고가 일리 있기는 했지만 몇 개월 돈벌이가 없다고 해서 인생이 당장에 무너지는 건 아니니까. 마음이라도 다지듯 책상에 큼지막하게 써 붙였다.

누가 미친 거요.

장차 이룩할 수 있는 세상을 상상하는 내가 미친 거요?

아니면 세상을 있는 그대로만 보는 사람이 미친 거요?

by 돈키호테

머리에 띠라도 두르고 외칠 법한 강한 울림이 마음에 일었다. 갈 곳이나 하고 싶은 일을 정한 건 아니었지만 일단 떠나야, 몸과 정신을 추스려야 뭐라도 찾지 않겠는가. 생애 첫 사직서를 내버리자 봇짐이라도 내려놓은 것처럼 마냥 가뿐했다.

원하던 대로 회사를 떠나자 실한 몸뚱이만 남았다. 목에 걸던 사원증도, 허리를 꽉 조이던 정장도 사라졌다. 퍼져버린 뱃살처럼 몸이 마음껏 늘어졌다. 소속도 직책도 없는 삶, 이런 자유가 인생에 몇 번이나 올까. 감격스러웠다. 평소 같으면 전철의 어느 빡빡한 칸에 눌려 있을 몸이 푹신한 이불 속에 파묻혀 있자 실감이라도 하려는 듯 발가락을 꼼지락거렸다. 느직이 일어나 머리카락을 대충 묶은 뒤 동네 공원을 어슬렁거렸다.

평일 아침의 공원은 한적했다. 백발의 어르신들이 회색 비둘기처럼 드문드문 앉아 볕을 쬐거나 먼 산을 바라봤다. 나는 인적 없는 산 책로를 천천히 걸어보기로 했다. 이따금 사람을 마주치기는 했는데, 비닐봉지와 나무젓가락을 들고 슬렁슬렁 쓰레기를 줍는 어르신 봉사단이었다. 개울가 근처에는 경락 마사지라도 하듯 커다란 은행나무에 등을 퉁퉁 치면서 "헛둘, 헛둘" 하며 구령을 외치는 남자도 보였다. 그 움직임은 활기차다기보다 흔들리는 시계추처럼 단조로웠고, 나른함이 뭉치고 뭉친 듯한 어마어마하게 큰 하품으로 중간중간 끊기기도 했다.

처음 며칠은 공원에 가는 게 상쾌했지만 갈 때마다 같은 사람을 만나자 센티멘털한 기분에 사로잡혔다. 평일 그 시간 공원에 앉아 있는 사람들은 하나같이 무표정한 얼굴이었고, 어찌할 수 없는 각자의 외로움이나 지루함과 씨름이라도 하는 것처럼 힘겨워 보였다. 그들은 텅 빈 마음에 졸졸대는 물소리나 풀 내음처럼 청량하고 순한 것들을 채우며 자연의 순환에 고독이 무화될 때까지 꼼짝도 하지 않고 있었다.

"탕탕, 탕탕, 탕탕, 탕탕……."

먼발치에서 지나가는 전철이 백조의 고요한 휴식을 깨뜨렸다. 멀어지는 열차의 꽁무니를 쳐다보자 그 뒤로 펼쳐지는 맑은 하늘이 처연하게 다가왔다. 마땅히 갈 곳도 할 것도 없는 아침, 자유와 고독은 동전의 양면 같은 건지도 몰랐다. 철철 넘쳐나는 시간이 무언가로 채워지지 못한 채 텅텅 비워지면 자유가 지독한 외로움으로 바뀌어 버리니까.

돌아오는 길 경사진 언덕 아래에는 파란 수레국화 무리가 세찬 바람에 가느다란 몸을 휘청거렸다. 사르르 춤을 추는 듯한 수레국화 앞에 서서 주변을 둘러봤다. 총총거리는 참새, 경쾌한 물소리, 긴 팔을 휘젓는 나무의 다정함. 한적한 공원에는 삶의 앙상블을 연주하는 듯한 생기가 가득했다. 정작 나는 정처 없이 떠다니는 나뭇잎 같다는 생각이 들자 초조함이 바람처럼 몰려왔다. 무슨 일을 해야 할지 무엇을 하고 싶은지 도통 알 수 없었다.

어느덧 직장을 나온 지 한 달이 되었다. 저녁 식사를 할 때면 아빠는 습관적으로 텔레비전을 켰고, 그럴 때마다 불안감이 밥상을 덮었다. 뉴스에서 일자리 감소와 청년 실업을 떠들어댈 때면 백수인 나는 눈을 내리깔고 굵직한 깍두기만 우걱우걱 소리 내 씹어댔다.

'밥상에서는 밥만 먹기로, 제발.'

방으로 들어온 뒤에는 쫓기는 사람처럼 구직 사이트를 뒤지기 시작했다. 비서, 대졸자, 영어, 컴퓨터활용능력, PPT, 외국계 기업, 두서없이 떠오르는 단어들을 검색창에 두드렸다. 두두두두, 권총 게임이라도 하는 사람처럼 전투적으로 자판을 때렸다. 몇 번의 클릭만으로 대여섯 곳이 추려지자 후다닥 지원을 하고 이력서에는 승무원 면접을 위해 찍은 사진을 사용했다. 2년 전에 찍은 사진이지만 그 속의 얼굴은 왜 그런지 지금보다 노숙하게 보였다. 먹물이라도 묻혀 그린 것처럼 외곽선이 뚜렷한 눈썹과 두툼한 입술이 옹골차면 옹골찼지 맹탕처럼 보이지는 않으니까 별 고민 없이 사용했다.

지원했던 회사 가운데 외국계 투자 은행에서 연락이 오자 기분이 달뜨기 시작했다. 처음 들어보는 네덜란드계 회사였지만 국제 금융의 허브라 할 수 있는 곳에서 일한다는 자부심에 어깨가 들썩거렸다. 막상 면접을 보러 간 곳에는 은행처럼 대기표나 창구가 없어 어리둥절했다. 교포인 듯 영어를 쓰는 사람들이 코징크, 쿕코, 제이피 등 알아들을 수 없는 말을 암호처럼 속닥이며 인간의 뇌피처럼 생긴 그래프만 연신 들여다보고 있었다. '외국계 투자 은행'이라는 것만 알 뿐 정확히 무엇을 하는 회사인지도 모른 채 50만 원가량의 월급 인상, 집과 가까운 위치, 버터 발음이 가득한 곳에서 일한다는 환상에 덜컥 출근하기로 했다.

입사 전 서점에서 책 몇 권을 샀다.《국제금융 동향과 구조변화》,
《금융시장의 기술적 분석》같은 책에 볼펜을 좍좍 그어가며 중요한
용어는 공책에 따로 정리했다. 애널리스트들의 언어를 알아듣고 긴
박한 국제 금융 시장의 현장에 합류하기 위한 만반의 준비인 셈이었
다. 그러다 잠이 오지 않은 밤 우연히 펼친 책의 문구 앞에서 한참의
시간을 보내야 했다.

자크 라캉은 말했다. "인간은 타인의 욕망을 욕망한다."

수레국화 위에서 내려다보면 하나의 축 둘레에 화살 모양의 꽃들이 둥글게 퍼져 있
다. 그 모습이 마치 수레바퀴처럼 생겼다 해서 '수레국화'라는 이름을 가지게 되었다.
꽃은 원줄기 끝에 하나씩, 여름과 가을에 걸쳐 피는 한해 또는 두해살이 풀이다.

선인장

삶에 대한 갈증이
온몸에 스며들 때

절망의 한복판에서
희망을 뿌리내리고
무수한 모래알만큼의 기다림에도
꿋꿋이 서 있는 선인장

투정하는 내게
가시가 따끔하게 물었다
내 삶은 얼마나 간절하냐고

첫 직장을 퇴사한 뒤 투자 은행에 입사하기까지의 구직 기간에는 갈망과 쓸쓸함으로 마음이 출렁출렁 요동쳤다. 구직 사이트를 뒤지던 나는 우두둑 소리를 내며 기지개를 켜다가 바깥을 쳐다봤다. 휑한 나뭇가지에 마른 이파리가 간당간당 매달려 있는 게 눈에 들어왔다. 왜 그런지 입을 반쯤 벌린 채 절실한 눈빛으로 쳐다보며 마음을 웅크리듯 졸였다. 그러다 반가운 연락이 왔다. 국내 대기업의 비서직 서류 전형을 통과했으니 면접에 참석하라는 헤드헌터의 통보였다.

철강 회사, 일제 강점기 때 못을 만들어 팔던 자그마한 상회는 한국 전쟁 뒤 철의 수요가 급증하자 철광석을 용광로에 녹여 철재를 생산했다. 허리띠를 질끈 조인 채 '빗물이 바위를 뚫는다'라는 강철의 정신으로 한강의 기적을 일구어낸 기업이었다.

철, 그것이 지닌 극강의 금속성을 떠올리자 '딱딱한 철로를 이어 가듯 시대 불변적인 위계가 철근처럼 박혀 있지는 않을까?' 하고 근거 없는 상념을 펼치다 접어버렸다. 그보다도 면접의 기회를 잡았다는 기쁨을 만끽하고 싶었다.

면접실로 들어서니 연세가 지긋한 세 명의 남자 임원이 나란히 앉아 있었다. 그중 한 명은 두루뭉술한 콧대 가운데에 뿔테 안경을 걸쳤는데, 작은 눈동자가 안경테의 위아래를 오가며 나와 이력서를 번갈아 살폈다. 그때마다 이마에 주름이 반복적으로 접혔다가 펴졌다.

"음, 우리는 영어 쓸 일이 없어서 토익 점수는 필요 없습니다. 그나저나 아버님은 무슨 일을 하십니까?"

부동의 자세로 앉아 있던 나는 순간 멍해졌다. 그간 면접을 치른 열 곳 가까이 되는 외국계 회사에서는 한 번도 받아보지 못한 질문이었다. 가족 사항을 확인하기 위한 통상적인 질문이라고 생각했다.

"저희 아버지는 수석을 하십니다."

내가 대답하자 다른 면접관들이 연달아 말했다.

"수석? 그거 돌 아녜요? 우리 회사 로비에도 큰 돌이 하나 세워져 있는데."

"그것도 돈이 있어야 할 수 있는 일 아닌가요?"

대화가 예상치 못한 방향으로 흘러가자 달아오른 내 얼굴은 점차 식어서 돌처럼 굳어갔다. 그 순간 머릿속에는 아빠의 모습이 생생하게 그려졌다. 20년 넘게 먼지가 풀풀 나는 좁은 가게에서 작업복 차림에 목장갑을 끼고 일하는 아빠, 그 모습은 내 앞에 앉아 있는 면접관들과는 대조적이었다. 조형물처럼 견고하게 고정된 머리카락과 반질반질한 얼굴, 발끝까지 광택이 나는 임원들과는.

그들의 삶이 철근처럼 견고한 사회적 지위와 권위를 쌓아온 것이라면 아빠의 삶은 여기저기 구르고 깎이고 치이다 울퉁불퉁하게 마모된 돌과 같았다. 어느 순간 나는 그렇게 버텨온 아빠를 경애하는 딸이 되어야겠다고 다짐했다. 일종의 투지에 가까운 마음이었다.

"꼭 그렇지는 않고요. 돌을 좋아해야 할 수 있는 일입니다. 주로 바닷가나 산에서 탐석을 하니까 얼굴도 많이 그을리고 체력 소모가 많거든요."

긴장의 끈이 풀린 듯 너스레를 떨며 그들이 별로 궁금해하지 않는 내용까지도 말하기 시작했다. 그리고 다음 질문으로 넘어갔다. 그들 중에는 힘들게 하는 상사가 있다면 어떻게 대처하겠냐고 묻는 사람도 있었다. 한마디로 잘 견딜 수 있겠냐는 퇴행적인 질문이 이어졌고 들으면 들을수록 입을 다물게 했다. 스스로가 작아지고 꺾여지는 느낌이 엄습하자 벗어나고픈 마음만 또렷해져 갔다.

면접이 끝나고 버스에 오른 뒤에도 "아버님은 무슨 일을 하십니까?"라는 질문이 머릿속에 빙빙 돌았다. 그러다 친구 M이 보낸 문자 메시지가 왔고 예감이 좋냐고 물었다. 나와 함께 취업을 준비하던 M은 어릴 때 교통사고로 아버지를 여의었다. 고등학교 시절 수업을 마친 뒤 학교 운동장에 남아 있던 우리는 실내화를 신은 채 무언가를 지우기라도 하듯 바닥의 흙을 발로 슥슥 문지르며 뿌옇게 올라오는 먼지를 마시곤 했다.

"나도 아빠가 있었으면 좋겠어."

시무룩한 얼굴로 말하는 M에게 자초지종을 물으니 담임 선생님이 면담에서 아빠의 직업을 물었다고 했다. 'M이 면접에서 같은 질문을 받았다면 어땠을까?' 하고 생각하던 나는 고개를 흔들어 저었다. 그러다 장황하게 나열한 문자 메시지를 지우고 "별로였어"라고만 답했다.

집으로 향하는 버스 안은 훈훈했지만 서리가 가득 낀 반투명한 유리창 바깥 면에는 겨울의 입김이 허옇게 내려앉아 있었다. 밖을 볼

수가 없어 무료해지자 차가운 유리창에 뽀드득 소리를 내며 집 모양의 그림을 그렸다. 지붕은 세모, 벽면은 네모, 거기에 사분면으로 나뉜 창이 나 있는 집, 옆에는 무성한 나무 한 그루도 심었다. 그 모양은 어릴 적 틈만 나면 종이에 그리던 전형적인 집과 같았다. 제일 소중한 것을 그리라고 하면 꼬마인 나는 늘 집을 반듯하게 그렸는데, 그건 내가 첫돌을 지날 때까지 부모가 농사를 지었고 가족이 커다란 비닐하우스에서 살았기 때문이었다. 어느 밤 매서운 바람이 비닐하우스를 마구 뒤흔들면 엄마는 누군가 비닐을 찢고 들어올 것만 같아 우는 아기 둘을 꼭 끌어안고 긴 밤을 보냈다. 무사히 자고 아침이 오면 100일 된 나를 등에 업고 한 손에는 빗자루나 삽을 든 채 비닐하우스에 쌓인 눈을 부랴부랴 쓸었다. 솜이불처럼 두꺼운 눈은 비닐하우스를 무너뜨릴지도 모를 만큼 무거웠고, 푹푹 처지는 천장을 바라보는 엄마에게 겨울은 얼마나 막막한 계절이었을까.

버스의 라디오에서는 고리타분한 금수저와 흙수저 이야기가 흘러나왔다. 부모의 사회적 위치나 능력에 따라 자식의 미래가 결정된다는 뉴스 보도였다. 그때 나는 '흙수저'라는 표현이 무례하고 잔인하게 느껴졌다. 애쓴 부모의 헌신이나 수고를 사회적 잣대로 평가하는 순간 그 가족은 얼마나 불행할까. '환경이 이래서 나는 안 된다'라는 체념이 만성이 되는 건 그 사람을 어딘가에 가두는 비극이 아닌가.

　문자 메시지를 주고받던 M은 '흙수저'라는 표현이 때로는 씁쓸한 위로처럼 들린다고 했다. 나는 그 말이 어떻게 위로가 되냐고 반문했고 위로가 필요하면 차라리 나무나 꽃 같은 식물을 바라보는 게 낫다고 했다. 그러자 M은 또 식물 타령이냐며, 얼른 집에 가서 잠이나 자라며 대화를 끝냈다. 아빠의 모습이 유독 많이 떠오르던 그날, 나는 아주 오래전 아빠가 들려준 이야기를 떠올리며 유리창에 그린 나무 옆에 선인장도 심었다.

　언젠가 아빠는 지구상에서 가장 건조한 아타카마 사막이라는 곳에 대해 알려줬다. 칠레 북부에 있는 이 사막에는 2만 년 동안 비가 한 방울도 내리지 않았고 사람들은 그곳을 쓸모없는 저주받은 땅이라 불렀다. 풀 한 포기 자랄 수도 없는 곳이었으니까. 이야기 도중 아빠는 여행 잡지에서 오려둔 사진 한 장을 펼쳐 보였다. 광야 한복판에 몇 미터 높이의 장대한 선인장들이 늘어서서 사막을 내려다보는 광경이었다. 이글이글 타오르는 태양이 덮은 그곳에도 삶에 대한 목마름이 존재했던 걸까. 소용돌이 모래바람이 몸을 휘감아 송두리째 흔드는 날이면 선인장은 아무도 자신의 존재를 흔들 수 없는 깊은 곳까지 뿌리를 내렸다.

밤이 되자 어둠이 사막을 덮었다. 잔인할 만큼 뜨거웠던 열기는 밤이 싣고 온 차가운 공기와 엉기어 선인장의 주위를 맴돌았다. 얼마 뒤 이슬 한 방울이 맺혔고 미끄럼틀처럼 기울어진 가시를 쪼르륵 타고 내려와 모래 위에 뚝 떨어졌다. 이야기를 듣다가 잠이든 나에게 아빠는 이렇게 속삭였을지도 모른다.

힘들 때면 사막을 보라고

그곳에도 꽃이 핀다고

삶이 희박한 그곳에

드높게 서 있는 자아가 있다고

선인장   선인장은 사막에서 살아남기 위해 세포 안에 엄청난 양의 물을 저장한다. 수분 증발을 막기 위해 표면적을 최소화하며 매우 단단하고 두꺼운 각피를 형성한다. 사막의 뜨거운 공기가 밤이 되어 식으면서 액체로 응결될 때 이슬방울이 가시 주위에 맺혀 땅에 떨어진다. 가시는 선인장에게 없어서는 안 될 존재다.

잎모란

배추일까 꽃일까
아직은 알 수 없지만

겹겹의 감정과
색색의 기억으로
시간의 결이 잎맥처럼 새겨진
삶 속에서

향기가 그윽한
꽃이 되어가자

귀여운 실수

:

눈이 내리는 날의 잎모란은 누군가 그 위에 소금을 잔뜩 뿌린 모양새였다. 그 모습은 거리에 소복소복 쌓인 눈꽃의 포근함과는 다른 그저 큼지막한 농작물처럼 보였다.

'저건 배추일까 꽃일까?'

출근길에 잎모란을 흘깃거리며 지나갔다. 손바닥처럼 넓적하고 두꺼운 잎은 흰 눈을 얼룩얼룩 물들일 만큼 진한 녹색이었고, 그 투박함은 잘 익은 배추와도 같았다. 반면 가운데에 보랏빛이 물드는 것을 보면 커다란 꽃처럼 보이기도 했다. 결국에는 혼자만의 결론을 내렸다.

'배추도 아니고 꽃도 아니야. 그냥 자라나고 있는 무언가일 뿐이지.'

뭐라 정의할 수 없는 잎모란의 얼굴은 시간의 단면을 닮았다고 생각했다. 하늘에는 낮과 밤의 뚜렷한 경계가 없고 겨울 속에서 봄이 오는 것처럼 시간은 그러데이션으로 존재하니까. 웃음 가운데 슬픔이 얼룩져 있고 오늘 안에는 어떠한 기억이 물들어 있었다. 층층의 감정과 기억이 성긴 상태가 하루인 셈이었다.

그렇게 흘러가는 시간 속에서 무언가가 되어간다는 건 더디고 어정쩡한 과정이었다. 처음으로 하이힐을 신을 때 느끼는 멋스러운 불편함이나 보송한 얼굴에 짙게 화장한 애어른 같은 얼굴처럼. 스물네다섯의 나에게는 회사 생활의 모든 게 그저 어색하기만 했다. 국어 교과서에나 나올 법한 경직된 '다나까체'를 쓰면서 뭐 하나라도 놓치면 큰일 날까 싶어 간단한 심부름조차 노트에 크게 적어놓았다. 복사, 폐지 갈기, 퀵서비스 부르기 등. 그건 학창 시절 필기를 좋아했던 모범생의 습관에서 비롯된 것이지만, 받아 적은 것을 곧이곧대로 외울 뿐 상황에 따라 적절하게 해석하는 감각이 부족했다. 한마디로 군기가 바짝 들어 뻣뻣하게 앉은 자세만큼이나 고지식하게 일을 처리했다.

첫 월급을 받기도 전이었다. 차장은 바쁜지 쓱 지나가며 흘리는 어투로 말했다.

"거 이따 회의하러 올 때 팩스 좀 가지고 와요."

"네, 알겠습니다."

'회의', '팩스'라고 노트에 적어두었다. 팩스를 사용한 적은 없지만 탕비실 냉장고에서 음료수를 꺼내다 본 기억이 났다. 언뜻 작은 복사기처럼 생겼고 한쪽에는 신기하게도 수화기가 달려 있었다. 가끔 삐삐거리며 재고 목록 같은 서류를 뱉어내기도 했다. 회의 시간이 다가오자 말 그대로 '팩스'를 들려는데, 복잡하게 꼬인 전선들이 걸리적거렸다. '이걸 뽑아가야 하나' 하고 어딘가에 갇힌 사람처럼 꼼짝도 하지 않고 고민했다. 누구한테 묻기도 좀 그렇고.

"지금 뭐 해요?"

옆에서 음료를 들이켜던 전산 팀 부장이 어리둥절한 눈빛으로 쳐다봤다.

"팩스 가져오라고 하셨는데, 이 선들을 어떻게 해야 할지 모르겠습니다."

"네? 뭐라고요?"

그는 나를 뚫어지게 쳐다보더니 바람 빠지듯 피식 웃었다. 그 미소는 낯이 익었다. 어릴 적 금붕어 밥이라며 어항에 종이를 찢어 넣었는데, 그것을 집어서 꺼내는 아빠의 표정처럼 무언가를 참고 있는 듯했다. 그러다 더는 안 되겠는지 입을 터뜨리며 웃어댔다.

"파하하, 여기 팩스기 위에 쌓인 서류 보이죠? 이거 가져오라는 애깁니다."

후련하면서도 멋쩍음을 무마하고 싶은 마음에 무슨 말이라도 해야 했다.

"그럼 팩스가 아니라 팩스로 온 서류라고 해야 맞는 표현이겠네요?"

"아휴, 머리야. 이건 뭐 시트콤감이야. 아주 레전드급이네."

풋내기 시절에만 허용되는, 일종의 헛발질에 가까운 엉뚱함에 부장은 어이가 없다며 자지러지게 웃었다. 그때의 나는 조심스럽고 침착한 편이었지만 서투른 면이 여기저기서 툭툭 튀어나왔다. 아무리 신경을 써서 화장을 해도 눈썹이 짝짝이가 되는 것처럼, 몸에 달라붙는 스키니진을 입어도 윗배가 톡 튀어나오는 것처럼 그런 건 가릴 수 없는 건가 싶었다.

복리 후생에 신경을 쓰는 회사답게 탕비실 바구니에는 아침마다 빵과 과일이 가득했다. 우선 커피를 내리고 빵 하나를 집은 채 자리에 앉아 하루 업무를 시작했다. 무언가에 열중하는 사람처럼 책상에 머리를 파묻고 허기를 채워가며 쌓인 이메일 내용을 살피고 있었다.

"저기요."

점잖은 목소리가 들렸다. 머리를 젖히고 고개를 치켜드니 훤칠한 남자 직원이 칸막이 위로 나를 내려다봤다. 그러다 멈칫하더니 입을 틀어막고 웃었다.

"네?"

내가 놀라며 대답하자 그는 말하기 뭐한지 검지 손가락으로 입을 가리켰다. 불길한 예감에 거울을 봤더니 아니나 다를까, 허겁지겁 먹은 티라도 내듯 곱고 하얀 슈거파우더가 입 주위에 면면이 붙어 있었다. 금세 털어버리고 아무렇지 않게 본론으로 들어갔지만, 그 뒤 복도에서 마주칠 때면 그는 혼자 킥킥거렸다.

"아니 뭐 먹을 때 입에 안 묻어요? 그런 적 한 번도 없나?"

열없어 쏘아붙이는 내 말에 그는 무료한 회사 생활에 활력소가 되었다며 농담인지 진심인지 모를 말을 하고 지나갔다. 나는 그때의 일을 '귀여운 실수'라고 불렀다. 어리고 어설프기에 피할 수 없었던 크고 작은 실수들이었고 지금은 웃음을 주는 하나의 추억거리로 남아 있다.

시간이 지나 나는 또 다른 '김 사원'의 귀여운 실수를 너그러운 시선으로 대하는 나이가 되었다. 언젠가 퇴근 시간 즈음 복도를 지나가는데, 엘리베이터 앞에 후배가 대기 중이었다. 윤기 나는 긴 생머리에 프릴이 달린 블라우스와 매끈하게 빠진 치마, 그녀의 우아한 실루엣은 지는 석양 속에서 더욱 도드라졌고 때마침 그녀는 피곤했던지 하품을 했다. 입을 늘리기라도 하듯 위아래로 쫙 벌렸는데, 아프리카 초원에서 사자가 포효하는 것 같은 야성적인 모습으로 다가왔다. 단아한 그녀의 뜻밖의 모습에 웃음을 참느라 힘들 정도였다. 그냥 지나칠 수도 있었지만 그녀가 혹시 겪을지 모를 예상 밖의 곤란을 생각하면 귀띔이라도 슬그머니 해주어야 했다.

"나도 퇴근길에 너무 피곤해서 입을 안 막고 실컷 하품하다가 사장님과 마주쳐서 크게 당황한 적이 있어요."

사회생활에 주눅이 드는 후배가 있다면 나의 엉뚱한 실수담을 공개했다. 나 같은 사람도 회사 잘 다녔으니 괜찮다고. 삶은 완벽해서가 아니라 채워지고 물들어가는 과정이 있기에 아름다운 것이라고.

겨울이 깊어갈수록 잎모란의 보랏빛은 짙게 퍼져 갔다. 그건 뭐랄까, 손발이 시리지만 추위가 마음에까지 파고들지는 못하는, 꿋꿋하게 자라는 겨울의 빛깔이었다.

잎모란　양배추, 브로콜리와 같은 종에 속하는 식물이며 10~12월 화단에서 쉽게 볼 수 있다. 식용이 가능하나 맛이 매우 쓴지라 음식을 돋보이게 하는 장식물로 주로 이용된다. 큰 장미 형태로, 지름이 10~30센티미터가량 되며 가운데의 잎은 꽃처럼 자주색, 분홍색, 흰색을 띠도록 교배됐다.

수선화

노란 챙모자 쓰고
살랑살랑 나타난 손님

진노랑 나팔을 불며
바람의 음률에 맞춰
까딱까딱 고개를 흔들고

햇살처럼 다사롭게
향기처럼 달콤하게
속삭이는 말
"이제 봄이 왔어"

여 사 원 의 봄

:

저녁이 되자 18층 사무실은 조용했다. 부산했던 하루의 흔적처럼 공기가 텁텁했다. 하긴 남자가 열 명이고 여자는 나 하나인데, 공기가 어떨지는 짐작하고 입사했어야 하는 게 아닌가. 이 찝찝한 냄새가 분명 오늘만의 일은 아니었다. 오랜 기간 무례하게 내뿜고 풍기면서 축적된, 사무실의 누구도 인식하지 못하는 만성화된 냄새였다. 구체적으로 말하자면 누군가의 재킷에 밴 담배 냄새, 진한 남자 향수 냄새, 발에서 풍기는 고린내, 햄버거의 느끼한 기름 냄새까지 섞인 오만 가지 불쾌한 냄새였다.

손잡이를 돌려 창문을 활짝 열었다. 서울역 주변에는 어스름한 저녁 빛이 감돌았고 에스컬레이터 위로 사람들이 줄줄이 오르락내리락하다 거리로 흩어졌다. 사람들의 발걸음이나 펄럭이는 코트의 끝자락은 흔들리는 가로수의 이파리처럼 가벼웠고 활기가 느껴졌다. 무사한 저녁을 맞이한다는 건 얼마나 무수한 행운이 닿아야 가능한 것일까. 안락한 저녁을 보내는 이들의 행운이 창문으로 들어오는 공기의 시원함에서도 느껴졌다. 불행 역시 한 사람을 감싸는 공기로 다가오는 것 같았다. 가만히 있어도 숨이 턱 막히는 답답한 대기의 이물감으로.

사무실 공기가 고체처럼 딱딱하고 무겁게 된 것이 냄새 때문만은 아니었다. 조금 전까지 그가 있었기에 그럴 수밖에 없었다. 30대 후반에 이사가 된 그는 외모에 꽤 공을 들이는 편이었다. 휴 그랜트처럼 부드럽게 고부라진 파마를 했고 얼굴에는 예리한 느낌의 은색 안경을 썼다. 그래도 고리타분하게 각이 진 턱과 넓적한 인상이 가려지지는 않았다.

"아, 미치겠네. 이리 와봐. 청첩장 좀 보내라고 했더니 망쳤네. 이거 어떻게 할래?"

그는 자신의 앞머리를 마치 종이 구기듯 주먹으로 꽉 쥐었다 뒤로 슥슥 넘겼고 얼굴이 붉으락푸르락 달아올랐다. 나는 그 앞에서 양손을 모아 포갠 채 고개를 푹 수그렸다. 몇 시간 전 그의 결혼식 청첩장을 명단에 있는 사람들에게 발송했는데, 무언가 크게 잘못된 모양이었다. 그는 청첩장 문구에 수신인의 이름을 일일이 넣기를 원했고 메시지에 들어간 이름과 실제 수신인의 이름이 어긋났다고 했다.

쏘아보는 그의 눈이 장면 하나를 떠올리게 했다. 영화에서 서류가 날아오듯 청첩장이 내 머리 위로 우수수 떨어지는 광경이었다. 그는 바닥을 뒤덮은 하얀 봉투 위를 걸으며 검은 발자국을 남겼다. 그 자국이 낙인처럼 곳곳에 찍혀갈수록 눌리는 듯한 느낌이 점점 커져만 갔다. 당혹감에서 벗어나고픈 마음에 주위를 둘러봤지만 그와 나 말고 사무실에는 아무도 없었다. 그나마 다행이었다. 누군가 굳은 내 얼굴을 쳐다보기까지 한다면 동물원의 원숭이가 된 것 같은 비참함이 들었을 테니까.

외국계 투자 은행의 파견직 사원, 두 번째 회사 생활은 시작부터 녹록하지 않았다. FICM 부서의 팀 어시스턴트, FICM이 무엇인지는 몰라도 의욕을 불러일으킬 만큼 근사하게 들렸다. 면접 때 슬쩍 들여다본 '스마트'한 사무실의 모습 때문에 더욱 그렇게 다가왔다. 모니터 사이로 화살처럼 오가는 눈빛, 빠르게 키보드를 두드리는 소리, 서울과 홍콩 사이에 그래프라도 그릴 듯 박진감 있게 오가는 영어 대화. 금융에 관한 책을 사서 짬짬이 공부도 했기에 사무실에서 주워듣고 배우면 간단한 데이터 정리는 할 수 있을 것 같았다.

하지만 안타깝게도 그건 문학 전공자의 순수한 상상력에서 비롯된 현실과 어긋나도 한참 어긋난 생각이었다. "잘 보조할 수 있겠죠?", "엠에스 오피스 잘하죠?", "영어 잘하죠?" 하면서 기초적인 사무 능력만 물은 면접관의 질문을 제멋대로 확대 해석한 접근이었다.

활활 타오르던 기대는 점점 사그라들었고 몇 주 지나지 않아 완전히 소멸됐다. 시키는 일에 "네, 알겠습니다" 하고 반사적으로 대답하다가도 '왜 나를 고용했지?' 하며 고개를 갸우뚱하는 일이 다분했다. 문서 프로그램 자격증은 상사의 결혼식 청첩장이나 만들기 위해서였고, 영어는 고작 해외 레스토랑을 예약하려고 필요했단 말인가. 어시스턴트, 그러니까 보조, 조수라는 뚜렷한 영역 없이 껌처럼 여기저기 갖다 붙이기 나름인 직책이 나를 물컹물컹하게 만들어갔다.

"아니 일 차분하게 잘 하더만. 미치겠네. 이거 어떻게 할 거야?"

이사가 고개를 치켜들고 따지듯 물었다.

"죄송합니다. 다음부턴 잘하겠습니다."

마지못해 말을 하고는 무언가를 삼킨 듯 입을 꾹 다물었다. 그가 떠난 뒤 나는 쉽게 퇴근하지 못하고 거대한 무언가에 꽉 잡힌 사람처럼 부동의 자세로 앉아 있었다.

타인에게는 당연한 세상의 모습이 나에게는 전혀 그렇지 않을 때, 그 곤혹스러움을 어떻게 다루어야 하는지 난감한 나머지 멈추어 있어야 했다. 당혹감으로 움츠러들다가 분노로 치솟다가 자괴로 떨어지고 마는, 괴물처럼 꿈틀거리는 감정이 내 속에서 요동치며 외치는 것 같았다. 답답하다고, 살려달라고. 그런 정동을 최소한 외면하고 싶지는 않았다.

"하아."

서류 더미 위로 숨을 길게 내쉬었다. 그때 앙증맞은 얼굴 하나가 파르르 고개를 떨구더니 달콤한 향기가 콧속으로 훅 밀려 들려왔다. 책상에 시무룩하게 앉아 있는 내게 병아리처럼 샛노란 수선화가 초연한 얼굴로 다가왔다. '뭐가 그리 심각해?' 하고 묻기라도 하듯.

탁상 달력을 보니 3월 20일 춘분이었다. '아, 봄이구나. 봄' 하면서 수선화를 들여다봤다. 노란 트럼펫 같은 얼굴을 쓱 내민 채 봄이 왔다고 속삭이는 듯했다. 나한테도 봄은 이미 와 있다고……. 눈물이 흘러내렸다. 봄은 손바닥만 한 화분 위에만 덩그러니 있을 뿐이고 내 마음은 아직도 꽁꽁 언 겨울에 가깝지 않았나.

생각해보면 그건 오직 그만을 위한 지극히 개인적인 일이었다. 나는 일이 싫었다기보다 개인적인 심부름을 도맡아 하는 사람이 되기

싫었던 것이고. 이 작은 봄꽃도 꽃 싸개를 힘껏 밀어 올려 요요한 얼굴을 올곧게 드러내는데, 전전긍긍하며 감정을 숨긴 채 참고 살아가는 게 무슨 소용인가 싶었다. 과연 누구를 위해서.

몇 주 뒤 상무가 지나가는 소리로 안부를 물었다.

"요새 잘 지내죠?"

이사보다 나이가 많은 그는 내 키 정도의 작은 체구에 안경을 썼는데, 거구의 상사들보다 말투가 부드러웠다. 표정의 미묘한 변화만으로도 상대의 곤란함을 얼추 읽어내는 섬세한 사람이었다. 나는 머뭇머뭇하다 마음에 찌꺼기처럼 남아 있는 이사와의 일을 더듬더듬 꺼내놓기 시작했다. 개인의 편의를 위해 내가 이곳에 있지는 않다고. 와르르 쏟아내는 감정은 아니었다. 폭풍처럼 밀려오던 감정을 한 차례 흘려보낸 뒤 잔잔한 물결로 흘러나온 담담한 토로였다. 그 미온의 입김만으로도 꽁꽁 얼었던 게 조금씩 녹아내렸다. 며칠 뒤 이사는 상무에게 무슨 말을 들었는지 나에게 미안하다고 했다. 그 말에 얼마만큼의 진심이 담겨 있는지는 몰라도 내가 드러냈고 그가 인식했다는 사실만으로도 마음이 홀가분했다. 그 순간만큼은.

그 과정은 오랜 기간 땅속에 웅크리고 있다가 서서히 움트는 새싹처럼 나라는 존재를 드러내는 짧은 순간에 불과했다. 마치 한 줌의 흙을 밀어 올리는 가녀린 줄기의 움직임 같았다. 그래도 봄을 향한 걸음을 내딛는 셈이었다. 작지만 분명한 전진 속에서.

수선화　'새로운 탄생', '자기애'라는 의미가 있는 수선화는 깜찍한 꽃 모양과 달콤한 향기가 특징인 봄의 전령사다. 가을에 구근을 심으면 1월 말 이른 봄부터 5월까지 꽃이 핀다. 트럼펫 모양 꽃의 동그란 입술처럼 생긴 부분은 부관으로 불린다.

극락조화

자유는 삶을 자라게 하지
한 줄기 초록빛 꿈이
천국의 새가 되어
하늘을 나네

휘이휘이
바람 속에 날개 소리가 울리면
새야, 나는 언제나 떠올려

너의 드넓은 세계를
원하는 곳으로 나아가는
푸른 이상을

일요일 오후 방바닥에 너부죽이 까부라진 건 피로감 때문이 아니었다. 모퉁이에 둔 구겨진 가방이나 벽에 걸린 얼룩진 거울처럼 방구석에 자신을 방치한 것에 가까웠다. 어떠한 쓸모의 요구가 있을 때까지……. 방구석을 들쑤시기라도 하듯 햇살이 강하게 내리쬐자 모로 누워 벽을 마주 보았다. 엠보싱 벽지의 오돌토돌한 부분을 손끝으로 매만지며 밋밋한 시간 속에 깨알처럼 돋아나는 불안을 감각했다.

널브러져 주말을 보낸 건 투자 은행에 입사한 지 5개월째부터였다. 어쩌다 오는 전무의 전화가 처음에는 대수롭지 않았다. 그는 기업 투자를 유치하는 해외펀드 팀의 수장이었는데, 서울과 홍콩 사무실을 수시로 오갔다. 빈번한 해외 출장과 늦은 밤 영업용 접대에 전무는 늘 동분서주했다. 성공한 비즈니스맨답게 스케줄러에 수시로 약속을 저장했지만 아이러니하게도 날짜나 시간에 대한 개념은 없이 사는 것 같았다.

"거래처 연락처 하나 찾아줄래? 그 은행 부사장 말이야."

유선상의 그는 대부분 공항에 있거나 이동 중이었다. 그와의 통화가 끝나면 나는 단박 일을 처리했는데, 손가락 몇 번 까닥하거나 어디로 전화만 하면 되는 간단한 일이었다.

한번은 대학로를 걷고 있을 때 전화벨이 울렸다. 상점의 노랫소리와 흥건하게 취한 대학생들의 웃음소리가 때마침 만발한 목련처럼 골목 이곳저곳에서 터져 나와 흥성거렸다.

"네, 네, 여보세요?"

전화를 받자 그가 공항에 있는지 멀리서 울려 퍼지는 안내 방송 소리와 함께 찌지직거리는 파열음이 가까이 들려왔고, 주변이 소란스러워서 귀마개라도 하듯 한쪽 귀를 틀어막아야 했다. 촉각을 곤두세우게 하는 소리 중 '어제', '꽃', '부쳐' 같은 단어들이 오래된 테이프처럼 뚝뚝 끊어져 들려왔다. 앞뒤로 얼기설기 붙이자 무슨 말인지 대강 짐작이 가능했다.

"네, 그때 말씀하신 결혼식 화환 말씀인가요?"

"야! 너 지금 무슨 소리 하는 거야! 부고라고 부고!"

휴대전화를 몸에서 잠시 떼어내야 할 만큼 귀를 찌르는 듯한 소리가 터져 나왔다. 부고, 한 사람이 세상을 떠났음을 알리는 비보. 그 슬픈 소식이 위압적이고 무섭게 들려왔다. 머쓱할 겨를도 없이 그는 받아 적으라며 장례식장 주소를 불러댔다. 허겁지겁 가방을 뒤져 볼펜을 찾아 손바닥에 갈겨쓴 글씨로 받아 적는데, 옆에서 보던 친구가 안쓰러운지 휴대전화를 귓가에 바짝 대주었다.

"지금 당장 장례식장이라도 간다니? 그런 건 문자로도 알려줄 수 있는 거 아니야? 아무리 상사라도 그렇지. 무슨 그런 막가파가 있어."

친구는 풀이 죽은 나를 보고 한숨을 내쉬었다. 그게 윽박까지 질러야 할 잘못이었느냐고 탄식하면서.

"야!"라는 칼처럼 날카롭고 직선적이며 어떠한 공격성을 지닌 듯한 소리가 몸 구석구석을 쑤시며 울려대자 그날 밤은 쉽게 잠들 수 없었다. 그 뒤 그의 전화는 예고 없이 들이닥치는 불청객처럼 주말마다 빈번하게 왔다. 집에서는 전화를 받으면 그만이지만 외출 중일 때는, 특히 누군가를 만나고 있을 때는 곤란하다 못해 띠리리 울리는 전화벨이 얄궂게 느껴졌다.

언젠가 영화관에서 키이라 나이틀리가 출연한 〈오만과 편견〉을 관람하고 있었다. 로맨스의 뭉근한 전개를 지나 영화는 무뚝뚝한 다아시가 쏟아지는 폭우를 쫄딱 맞고 뛰어와 엘리자베스에게 청혼하는 격정적인 순간에 이르렀다. 그는 열렬히 사랑한다고, 가족의 판단과 기대, 당신 출신의 열악함, 자신의 위치 때문에 갈등했지만 다 제쳐두고 달려왔다고 고백했다. 그렇게 로맨스가 절정으로 치닫는 장면은 입을 다물지 못하고 손에 쥐고 있던 팝콘 한 덩이를 떨어뜨릴 만큼이나 뜨거웠다.

퍼붓듯 내리치는 빗속에서의 절절함, 클로즈업된 조각 미남의 젖은 얼굴과 바람에 날리는 여자의 머리카락. 나는 멜로의 격정에 빠져들었다. 대리 만족이라도 하듯 맥박이 빨라지고 얼굴이 달아올랐다. 한창 영화가 무르익자 주먹까지 쥐었고 손에서 땀이 나기도 했다. 그때 주머니 속 휴대전화가 부르르 떨기 시작했다. 사랑의 황홀에 머물 것인가 현실을 마주할 것인가. 잠시 고민하다 휴대전화를 가방 깊숙이 묻어버렸다. 전화는 언제든지 걸 수 있지만 사랑의 생생함은 다시 보기가 안 되니까. 이 타오르는 순간은 곧 꺼져갈 것이고 다 식은 영화를 보는 건 김빠진 콜라를 마시는 것처럼 짜릿함이 없지 않은가.

영화의 엔딩크레딧이 다 올라가고 텅 빈 영화관에 흐르던 서정적인 음악이 멈출 때까지 자리를 지켰다. 온몸에 전율하는 감동이 잦아들 때까지. 뒤늦게 휴대전화를 꺼내자 부재중 전화를 알리는 메시지가 기다렸다는 듯 화면에 떠 있었다.

"전무님, 전화하셨어요?"

"음…… 아니다. 알아서 해결했다. 항공편을 좀 바꾸려고 했는데, 내가 알아서 했다고."

겉은 지층처럼 딱딱하지만 속은 부글부글 끓는, 언제 터져버릴지 모르는 용암과도 같은 목소리가 살벌하게 몰려왔다.

"휴, 이제 영화도 제대로 못 보겠네."

대수롭지 않다고 여긴 일들이 심상치 않게 반복되자 감금이라도 된 사람처럼 울울했고 타들어갈 듯한 분노가 일었다.

"그만두면 너만 손해야. 진상이 그 직장에만 있는 줄 알아? 다른 데 가봐. 갈수록 더한 진상이 나온다."

"무슨 24시간 대기조도 아니고. 나 같으면 전화 안 받아버려."

지인들이 해준 각양각색의 반응에 이러지도 저러지도 못하고 앓는 사람처럼 신열에 시달렸다. 그러다 머리가 팽이처럼 뱅그르르 돌 지경이었다.

급기야 주말에는 점점 외출을 꺼리게 되어 하루의 행동반경이

100미터도 안 되게 줄어버렸다. 집 안에서 왔다 갔다 하거나 출출하면 옆 건물 편의점에서 주전부리를 사오는 정도였으니까. 유일한 낙이라 할 수 있는 텔레비전 프로그램에 목줄이 달린 채 낑낑대는 강아지나 동물원의 시무룩한 원숭이가 나오면 남의 일 같지 않고 동병상련의 느낌에 콧날이 시큰거렸다. 보이지 않는 선으로 묶여 있다는 생각이 들자 '탈출'에 대한 생각이 번득 들었다.

주말에 칩거하던 나는 거실 책장을 두리번거리다 소설《엉클 톰의 오두막》을 꺼내 들었다. 오래된 책이라 누렇게 뜨고 바랬지만 예나 지금이나 인상 깊었던 부분은 머릿속에 생생하게 각인되어 있는데, 바로 엘리자가 극적으로 탈출하는 장면이었다. 한겨울의 오하이오강, 노예상 헤일리에게 쫓기던 엘리자는 도망치기 위해 다급히 배를 기다리지만 얼음장 사이에 묶여 있는 배는 앞으로 나아가지 못한다. 두 사람의 간격은 점점 좁혀지고 급기야 엘리자는 맨발로 살얼음판을 달린다. 얼음과 얼음이 충돌하고 깨지는 굉음의 울림 속에서 품속에 아기를 안은 채 강물에 빠질 위험을 무릅쓰고 미친 듯 뛰기 시작한다.

그녀가 공간의 구속에서 벗어나 자유를 얻었다면 나는 시간의 구속에서 벗어나야 하는 셈이었다. 며칠 동안의 숙고 끝에 주말에는 눈을 꼭 감고 휴대전화를 꺼두기로 했다. 그건 은근하게 드러내는 저항이자 나를 지키기 위한 최후의 수단이기도 했다.

무작정 거리로 나와 가고 싶었던 미술관으로 향했다. 그림을 보면 새로운 세계를 구경하는 듯한 신선한 환기에 사로잡혔다. 그 순간만큼은 어떠한 제약에서 벗어나 홀가분하게 여행하는 것 같았고 코로 들어오는 공기마저 가벼워진 듯했다. 그러다 문득 불안함에 선득했고 그의 울근불근한 얼굴이 아른거렸지만 만지작거리던 휴대전화를 다시금 가방에 넣었다. 몇 시간의 관람 뒤에는 부재중 메시지가 휴대전화 액정을 두드리듯 '다다다' 하며 떴고, 그러면 혼자 속으로 '워워워' 하며 그에게 문자 메시지를 남겼다.

"야외에 있어서 전화를 받지 못했습니다. 급한 내용은 문자로 남겨주십시오."

나의 부재가 몇 차례 반복되자 주말에 더는 전화가 걸려오지 않았다. '미운털이 박히면 어떡하지?', '평가가 나쁘면 어떡하지?' 하며 실리를 따지는 고민도 했지만 행복은 그런 것을 지킨다고 해서 얻어지는 게 아니었다. 오히려 유불리로부터 멀어질수록 행복에 가까워지는 게 삶이었다.

미술관에서 유독 눈길이 가는 한 작품 앞에 오래 머물렀다. 극락조화라는 열대 지역 꽃을 그린 어느 시민 작가의 작품이었다. 화폭을 가득 채운 선이 굵직굵직한 이국적인 식물은 천국을 향해 날아간다는 오색의 극락새를 닮았다고 했다. 그림의 제목은 〈자유〉였다.

꽃씨를 실은 바람과 같은

어디론가 날아가는 새의 날개를 닮은

산을 면면이 매만지는 햇살과 같은

삶을 나아가게 하고 자라게 하는 그런 자유…….

극락조화　뉴기니섬과 오스트레일리아에서 서식하는 새인 극락조를 닮았다고 해서 붙여진 이름이다. 줄기에서 굽어져 새의 부리처럼 생긴 부분에 태양새가 앉아 암술에 수술의 꽃가루를 묻혀준다. 주황색은 꽃받침이며 보라색의 꽃잎은 서로 붙어서 꿀샘 역할을 한다.

제라늄

뱅그르르 도는
청록빛 드레스
더 멀리, 더 높이 춤추지

노을보다도
황홀한 몸짓
너의 세상은
태양보다 붉다

연 봉 협 상

:

　　면접을 볼 때면 으레 올백으로 머리카락을 넘겼는데, 그건 몇 차례 치른 승무원 면접의 영향이었다. 넓은 이마가 도드라진 얼굴에는 당당함과 완벽함이 묻어났고 거울 속 환한 모습이 마음에 들었는지 얼굴을 보고 씩 웃었다.

　스물일곱의 5월이었다. 위계의 무게에 시달리던 나는 투자 은행을 끝내 그만두었고 반년의 구직 활동 끝에 다시금 면접의 기회를 잡았다. 그날은 치마 대신 중성적인 느낌의 바지를 입기로 했다. 검정 바탕에 엷은 회색 줄무늬가 있는 세트 정장이었다. 재킷 안쪽에는 보형물이 있어서 어깨가 벌어져 보였고, 바지는 통이 넓어서 작은 보폭으로 걸어도 검도복처럼 펄럭거렸다. 긴 머리카락을 포니테일로 높게 묶자 눈꼬리도 덩달아 치켜 올라갔다. 마치 무사 같은 형색으로 찾아간 곳은 아이러니하게도 화장품 회사였다. 여성의 미를 추구한다는 표어가 하얀 벽면에 붙어 있었다.

면접은 작은 응접실에서 이루어졌다. 이채롭게도 비늘처럼 번쩍 거리는 연분홍빛 벨벳 소파가 놓여 있었는데, 인어의 물컹한 몸통에 앉은 것처럼 어색했다. 그래도 분위기는 5월의 풍경만큼이나 화기 롭게 흘러갔다. 인사 담당자는 그냥 습관인지 긍정적인 반응인지는 몰라도 연신 고개를 끄덕이다 마지막 질문을 건넸다.

"그래요. 희망 연봉은 어떻게 되죠?"

마음속에는 욕구가 있었다. 몇 달 전부터 머릿속에 숫자로 새긴 뚜렷한 욕구가. 신입 평균 연봉에 2년의 경력을 더한 현실적인 계산 법이었고, 그 정도면 일할 맛도 나고 회사로서도 지급에 별 무리가 없을 듯한 금액이었다. 그런데 누군가 풀칠로 밀봉이라도 한 것처럼 입이 벌어지지 않았다. 협상이라는 게 불편했다. 그러니까 누군가와 마주 앉아 듣고 수용하는 건 익숙했지만 자신의 욕구를 드러내는 건 어색하기만 했다. 뜬금없이 실업률, 불황, 백수, 경쟁률 같은 평소에 는 간과했던 단어들을 머릿속에 나열했고 자세가 불편한지 엉덩이 를 뭉그적대다 입을 열었다.

"네, 이전 직장의 연봉 정도면 만족합니다."

인사 담당자는 알겠다는 짧은 대답으로 마무리를 지었다. 예상보 다 면접이 일찍 끝나자 쌍방을 오갔던 활기가 사그라지고, 오르락내리락하며 나름의 박진감 있는 시소 놀이가 한쪽으로 기운 채 허무하게 끝난 것 같았다. 이튿날 헤드헌터에게 연락이 왔고 합격했으니 고용 계약서를 써야 한다는 통보를 받았다. 책정된 연봉을 듣자 나는 "아, 그래요⋯⋯" 하면서 못내 서운한 기색을 비쳤다.

"본인이 그렇게 원한다고 했다면서요. 이전 직장과 동일하게. 아니에요?"

나는 "예, 그렇죠" 하고 입을 다물었다. 치열하다 못해 살벌한 취업난에 정규직 합격을 한 게 어디냐며, 그 정도면 엄청난 쾌거라며 애써 스스로 달랬다. 취업 준비 중인 M에게 연락하자 그녀는 잘됐다고 하면서도 혀를 끌끌 차는 소리를 해댔다.

"어이구, 너는 그게 문제야. 그건 겸손이 아니라 자기 비하 아니야? 몸값을 남이 키워주나? 본인이 키워야지. 뭐가 아쉬워서."

"나도 아쉽기는 한데, 너도 알잖아. 요새 취직이 워낙 힘드니⋯⋯."

M은 현실을 너무 모르는 착각이라고 언성을 높였다. 희망 연봉이 높다는 이유로 유능한 사람을 무작정 탈락시키지는 않는다고 말했다. 기업으로서는 채용이 일종의 투자인 셈이니까 적정한 수준의 타협점을 찾았을 거라고. 그런 게 누이 좋고 매부 좋은 '윈윈' 정신이라며 다시는 그러지 말라고 훈계하듯 말을 이었다.

M의 격양된 말을 한 귀로 흘려버리기는 했지만 그 말이 일리가 있기는 했다. 통화가 끝난 뒤에도 '윈윈'이라는 표현이 머릿속에서 윙윙 울렸다. 그런 건 쌍방이 동등한 입장에서 한 발자국 나왔다가 들어갔다가 하면서 나름의 균형을 찾는 게 아닐까. 그러자 구석에 몰린 사람처럼 성급하게 꼬리를 내렸다는 아쉬움을 지울 수가 없었고 면접의 순간을 회상했다. 생각했던 것을 표현하지 못하고 눈동자만 좌우로 불안하게 움직이는 모습, 목을 잔뜩 움츠리는 행동. 당시의 순간에는 무언가가 나를 꽉 붙잡고 있는 것만 같았다.

'왜 굳이 나 스스로 불리한 쪽으로 몰아갔을까?'

아련한 기억의 한 장면이 눈앞에 보였다. 그날은 대학교 합격 통지를 받은 새해의 설날이었다. 외갓집에서 세배를 드렸는데, 외할아버지의 덕담은 평소와 다른 불온한 뉘앙스였다.

"대학에 들어갔다고? 집에 손 내밀지 말고 학비는 네가 벌어서 내어라."

아무런 대꾸도 하지 않은 채 큰 눈만 끔벅거렸다. 그 말은 뻗어가는 가지를 뚝뚝 꺾어버리는 한파처럼 스무 살의 가슴을 싸늘하게 했다. 뭐라도 잘못했나 싶어 주눅이 든 나는 축하 대신 들은 따끔한 말이 섭섭했지만 아무에게도 내색하지 않았다. 그저 마음에 묻고 묻어서 깊게 각인될 만큼 내버려두었다.

'돈을 요구하는 건 나쁜 거야.'
'누구에게 부담 주면 안 돼.'

그런 강박은 오랜기간 나를 꼬리처럼 따라다녔다. 정성껏 일해도 견적서에는 습관적으로 낮은 금액을 적었다. 정상 가격을 썼다가도 delete 키를 누르고 다시 고쳐 적었다. 낮은 금액, 낮은 요구, 낮은 자신감. 노력과는 상관없이 납작하게 구겨질 수밖에 없는, 말 그대로 축소된 삶이었다.

기억을 더듬다 문득 마음이 창문을 닮았다고 생각했다. 어린아이의 투명한 창문에 누군가 아무렇지 않게 던진 말들이 불투명한 자국을 남기는 거라고. 희부연 서리가 내려앉거나 새까만 그을음이 얼룩진 창문, 그것을 통해 바라보는 세상은 실제와 다를 것 같았다. 창밖으로 섬뜩하게 보이는 뼛조각이 사실은 나뭇가지일 수도 있었다.

마음의 얼룩과도 같은 아픈 기억들, 말끔히 지워지지는 않아도 지금의 내가 그 순간을 덤덤하게 조망할 수 있다는 건 더는 상처의 자리에 닫힌 봉오리처럼 머물러 있지 않다는 것을, 그 순간으로부터 나아가고 있다는 것을 의미했다. 어느 순간 키가 겅중하게 올라온 한여름의 꽃들처럼.

겨울보다도 길었던 구직 활동에서 벗어나자 입사일 전까지 나름의 여유를 만끽할 수 있었다. 빽빽한 이력서 대신 느릿한 식물의 생장을 들여다볼 만큼.

동네 화원을 둘러보다 붉은색 제라늄을 내 방 창틀로 데리고 왔다. 푸르스름한 잎들은 사방에 나풀거리는 치마폭처럼 뱅그르르 돌면서 율동적으로 잎을 펼쳐가기 시작했다. 그 위에는 립스틱처럼 빨간 꽃이 다문다문 피었다. 그 모습은 황홀했다. 붉은 꽃을 머리에 꽂은 채 캉캉 춤을 추는 여인처럼. 그 당당한 아름다움만으로도 창 너머 오후의 풍경이 더욱 선연하게 물들어갔다.

제라늄　남아프리카 해안가 숲 지대에서 자생한다. 배수가 잘되는 화분과 토양에서 잘 자라며 꽃이 뭉쳐진 꽃송이가 한데 모여 핀다. 야리야리한 솜털이 달린 씨앗은 바람에 날아가며 잎을 살짝 건드리면 독특한 향이 퍼진다.

안시리움

붉은 심장에
조롱조롱 매달린 작은 꽃송이

너도 사랑을 아나 봐
비바람에 떨어질까
품에 꼬옥 안았네

삶이 흔들리는 내게
심장이 물었지
무엇을 지키며 사느냐고

부 당 해 고

:

　　　　　머리카락을 한데 질끈 묶은 스물아홉의 나는 부리나케 키보드를 두드리기 시작했다. 눈에 눈물이 어리고 울컥했지만 서둘러야 했기에 멈추지 않고 문장을 줄줄이 이어갔다.

　"상황을 지켜볼 수 없어 이 글을 씁니다. 그는 창립 때부터 지금까지 회사에 헌신하며 매출액을 천 억원 규모로 성장시켰습니다. 왜곡된 사실로 인해 그를 해고하는 것은 부당합니다. 그날의 상황을 설명하자면, 아침에 갑자기 찾아와서⋯⋯."

　머릿속에는 아침에 본 그의 뒷모습이 정지된 장면처럼 머물러 있었다. 사람이 의자에 앉아 있다기보다 의자가 푹 주저앉은 사람을 떠받치는 것에 가까웠다. 뒤로 넘어갈 듯 젖혀진 고개, 걸어놓은 수건처럼 늘어진 팔. 그의 모습은 꽉 차 있던 사장의 '아우라'가 없고 사람의 생기조차 새어 나간 바람 빠진 풍선과도 같았다. 평소 같았으면 그 시간에 그는 수두룩하게 쌓인 결재 서류에 서명하다 노기 띤 음성으로 누군가를 호령하곤 했다. 그러다 고심하듯 턱을 매만지며 여러 간부에게 이메일을 보냈고, "김 대리" 하고 나를 불러서 챙길 사항을 점검했다. 공기마저 엄숙하게 느껴지던 사무실은 이제 텅 빈 집처럼 차고 쓸쓸한 기운에 젖어갔다.

그는 국내 시장에 진출한 외국계 화장품 회사를 굴지의 성공 기업으로 성장시킨 업계의 신화였다. 판매에만 집중하지 않고 감성에 호소하는 그의 경영 방식은 삶이 무미건조한 여성에게 보습제처럼 촉촉하고 부드럽게 와닿았다.

"희망이 사라졌다고 느껴지면 자신을 돌이켜보고 강해지세요. 그러면 마침내 영웅은 자신 안에 존재한다는 사실을 알게 될 거예요."

그는 머라이어 캐리의 팝송 〈히어로〉를 영업 교육 시간에 들려주곤 했다. 강의장에는 온갖 종류의 아픔을 달고 사는 여성들 ─ 남편의 사업 실패로 파산한 여성, 죽을 듯 아프다 살아난 여성, 중퇴한 여성 ─ 이 어떠한 기대로 모여들었다. 그녀들은 그런 가사를 들을 때마다 뭉클했고 자신의 피부처럼 거칠고 푸석푸석한 마음에 무언가가 촉촉히 스며드는 느낌에 사로잡혔다. 그러면 상했던 피부가 재생하듯 새로운 삶이 이어지면서 화장품 판매 사업을 시작했다.

그는 감성에 호소하는 리더였지만, 본사에다가는 자기 색깔이 또렷한, 절대 지워지지 않는 틴트처럼 확고한 말을 서슴없이 하는 사람이었다. "한국 시장에 그런 판매 방식은 통하지 않아. 아니야. 절대 아니야" 하면서.

생급스럽게 날아온 해고 통보, 그에게 그건 달랑 날아온 낱장의 통지문처럼 가볍고 간단하지 않았다. 그의 40대를 송두리째 부정하는 것이기에 '억' 소리 나는 위로금으로도 합의될 수 없는, 그 자리에서 갈기갈기 찢어 던져버릴 수밖에 없는 모욕이었다. 명색이 글로벌 회사 CEO였지만 10년 가까이 운전기사 없이 손수 전국을 돌며 판매원들을 찾아갔던 그에게는. 평일, 주말과 밤낮 구분 없이 사무실에서 일을 펼치며 덩달아 자신의 인생도 펼치던 그에게는. 사비를 써가며 힘든 직원을 챙기고 쉬쉬하라 했던 그에게는.

비서였던 나는 다른 직원들보다 가까이서 그의 슬픔을 들여다봤다. 10년의 단단한 세월을 몇 장의 통보로 무너뜨리는 건 그를 깊은 허방에 빠뜨리는 일이었다. 그런 절망 속에서는 누가 끄집어내지 않는 이상 차단되고 갇힌 사람처럼 아무것도 할 수 없을 것 같았다.

할 수 있는 일을 하기로 마음먹은 나는 해고 철회에 관한 직원 동의문을 작성했다. 다른 한 장에는 부서, 직책 구분 없이 가나다 이름 순으로 명단을 만들어 돌렸고 동의문 내용에 찬성하는 직원은 명단에 서명하는 방식이었다. 명단을 살피던 나는 문득 이름이 적혀진 칸마다 각각의 직원이 심드렁한 얼굴을 내밀고 있는 것 같았다. '이 딴 걸 왜 해' 하면서 쓴 미소를 짓는 모습이 명단을 가득 채우자 사무실의 모든 게 이물스럽게 느껴졌다.

되돌아온 명단에는 외근 중인 경우를 제외한 모든 직원들의 서명이 기재되어 있었다. 그 동의는 제각각인 글씨체만큼이나 다른 성격을 띠었다. '절대 가만히 있지 않을 겁니다' 하면서 꾹꾹 눌러쓴 동의, 휴가가 끝나고 오자마자 얼떨결에 갈겨쓴 동의, 과장이 하니까 사원인 나도 한다는 흐릿한 동의. 그렇게 모인 동의가 너덜너덜한 명단을 가득 채웠다. 발송 버튼을 누르고 다음 날 아침이 되자 한 임원이 나를 방으로 불렀다.

"본사가 지금 굉장히 예민하게 대응하고 있어요. 이제는 회사 방침을 잘 따르고 조심하는 게 좋을 겁니다."

부드러운 어조의 협박이었다. 자리로 돌아오자 미국 본사의 인사팀으로부터 답장이 와 있었다. "미안해. 그건 힘든 결정이었어. 어쨌든 네가 괜찮아졌으면 해" 하며 떠나는 연인의 무심함 같은 세 줄의

글이었다.

　그날 이후로는 아무 일도 없었다. 다들 책상에 앉아 보고서를 쓰고 행사 준비에 시끌시끌하다 점심 메뉴를 고민하는 모습이었다. 그중 한두 명은 사장실에서 목장갑을 낀 채 커다란 상자들 사이로 부산스레 몸을 움직이는 나를 들여다보기도 했다. 명단을 빽빽하게 채운 '동의'가 허상에 불과한 게 되자 환멸감에 젖어가기 시작했다. 그러면서도 짐을 싸면 마음도 정리가 되는지 끓어오르던 감정은 점차 수그러들었다. 사실 직원들의 태도는 일상을 지키기 위한 어쩔 수 없는 선택이었을지도 몰랐다. 삶이라는 게 얇은 거미줄처럼 아슬아슬하게 얽혀 있어 한쪽으로만 치우칠 수 없고 적당한 절충이 필요하지 않은가. 부양하는 가족이 있고, 월세가 있고, 깨알 적금을 깰 수는 없고. 그러기 위해서는 앉아 있는 자리부터 지켜야 하니까.

　사장실에는 사장의 흔적이 모두 사라졌다. 남은 건 빈 책장과 책상, 열 명 가까이 앉을 수 있는 테이블뿐, 휑하다 못해 추워 보이기까지 했다. 창틀 한쪽에는 방치된 안시리움이 꿋꿋하게 생을 유지하고 있었다. 나는 작별 인사라도 하듯 화분에 물 한 컵을 부어주고 먼지가 허옇게 내려앉은 이파리를 휴지로 살살 문질러 닦았다. 그러자

가운데에 솟은 큼지막한 이파리가 어떠한 저항이라도 하듯 본연의 새빨간 색을 드러내며 펄럭거렸다. 그 모습은 커다랗게 이는 불꽃처럼 뜨거웠고 삶이 멈추지 않게 박동하는 심장처럼 강렬했다. 한참을 바라보자 원색의 붉은 빛깔을 천연스레 보이며 전하는 듯했다. 먼지 같은 비애만 수두룩한, 허망하고 지리멸렬한 곳에서 시간이 붉게 물들어간다고.

비서직에서 영업부로 발령이 난 뒤에는 시간이 더디게만 흘러갔다. 몸과 마음이 분리된 상태가 사람을 얼마나 기계적으로 만드는지 느끼고 있을 때 회사 측 변호사에게 불려가 심문을 받았다.

"보통 직급이 낮으면 이런 일을 벌이지 않는데요. 누군가의 지시가 있었죠? 적의, 내홍은 20대가 쓰는 단어가 아닌데요."

"부당하다고 생각해서 부당하다고 말했을 뿐인데요."

얻을 것도 잃을 것도 없는 사람만이 낼 수 있는 답변이었다. 분노가 사라지고 의욕도 사라져 갔다. 무언가를 할 수 있는 감정은 식어버린 채 무기력에 가까운 실의만이 숨 쉬는 공기에 무게를 더할 뿐이었다. 무겁고 무거워서 결국에는 아무것도 할 수 없도록 하는 것, 부당한 시간은 누군가를 그렇게 은근슬쩍 밀어냈다. 결국 일을 그만두기로 했다. 버려진 한 줌의 흙에도 빛만 있으면 꽃이 피는데, 이곳에서는 도무지 아무것도 ─ 흔한 잡초조차 ─ 자라날 수가 없을 것 같았다.

사장은 회사를 떠난 뒤 어렵게 신생 회사를 차렸고 나는 그의 회사에서 일하기 시작했다.

안시리움   콜롬비아, 에콰도르 등 남미 열대 지역이 원산지인 관엽·관화 식물이며 절화로도 널리 사랑받는다. 하트 모양의 잎사귀를 가지고 있으며 원기둥의 꽃대에 미세한 가루 같은 꽃들이 붙어 있다. 색이 강렬하고 개성적인 모양이 특징인 이국적인 식물이다.

함수초

바람이 불어대면
부르르 난리
왜 그리 모질게 구니

나스르르 돋은 꽃
솜털 끝 하나 건드릴까
가시는 뽀드득 이를 가네

술 취한 가재

:

화단에 물을 주다가 손등이 따끔한 건 그 일의 전조였을지도 모르겠다. 7월이면 꽃이 필 법도 한데, 함수초는 쭈뼛대는 줄기 위로 모난 가시만 줄창 올려댔다. 어찌나 예민한지 소리 없는 일침은 '철썩' 하고 때리는 누군가의 손보다도 맵짰다.

그 여름에 부장은 첫 출근을 했다. 갈색 피부, 큼직한 이목구비, 이빨을 훤히 다 드러내는 웃음. 그는 호쾌하면서도 어딘가 부담스러운 사람이었다. 그건 중동을 연상케 하는 외모보다도 ─ 머리가 지끈거릴 정도의 ─ 어마어마한 수다 때문이었다. 회의만 시작되면 자신의 업적에 도취해 봇물 쏟아내듯 말을 내뱉었다.

"그때 말이야. 내가 출시한 제품이 떡하니 최고치 매출을 찍었지. 제품이 나오자마자 수천 통의 전화가 빗발쳐서 업무가 마비될 지경이었다니까."

하품이 와르르 쏟아져 나올 때마다 벌어지는 턱을 꽉 다물고 참았다. 그러자 코가 벌름거리고 게슴츠레한 눈에 물까지 고였는데, 그런 지루함을 단번에 깨뜨리는 모습이 불쑥 튀어나오기도 했다. 열띤 얼굴의 그는 더운지 가슴팍의 단추 한두 개를 풀었고 삐져 올라오는 털뭉치가 북실북실한 동물을 연상시킬 만큼 새까맸다. 야성적인 외모는 그의 가느다란 코맹맹이 목소리와 대조를 이루며 더욱 도드라져 보였고, 나는 그가 무지개처럼 참 다채로운 사람이라고 생각했다.

몇 주가 지나고 회식이 돌아왔다. 마케팅 부서에서 근무한 나는 월 마감 보고서를 기한 내에 완료해야 했기에 ─ 다행인지 불행인지 ─ 자리에 낄 수 없었다. 아무도 없는 사무실에 혼자 남아 이런저런 판매 수치를 들여다보니 금세 아홉 시가 넘어갔다. 졸음이 몰려와 커피를 마시는데, 시커먼 물체가 고기 냄새를 풀풀 풍기며 내 옆에 아른거렸다. '뭐야?' 하고 눈을 드니 부장이 나를 빤히 보고 서 있었다.

"다 끝나가니? 혼자 고생하네. 미안하다."

입에서는 다정한 반말과 아찔한 소주 냄새가 흘러나왔다.

"안 그래도 곧 퇴근하려던 참이었어요."

달갑지 않은 그의 모습에 시큰둥하게 대답하자 그는 한 걸음 성큼 다가왔다. 얼근하게 술이 오른 그의 얼굴은 검붉었고 붉은 핏줄이 선 커다란 눈동자가 데굴거리며 나를 쳐다봤다. 게다가 셔츠 사이로 한 움큼의 털이 돋아나 있었다. 그는 비틀비틀하며 혀가 풀린 소리로 세상살이를 토로하는 거리의 취객처럼 보였다. 그런 모습은 해가 저문 동네 골목에서는 처연한 중년의 애환을 느끼게도 하지만 야심한 사무실에서는 다른 모습으로 다가왔다. 못 본 척 지나치면 그만인 게 아니라 겪어내야 하는 모습으로.

그는 급작스레 두꺼운 양손으로 내 손을 감싸더니 탬버린처럼 흔들어댔다. 그의 손에는 어찌나 열기와 땀이 많은지 내 손가락은 물을 묻힌 것처럼 축축해졌다.

"흠, 고생이 참 많아. 그래…… 힘든 게 있으면 얘기하고."

"부장님, 이제 들어가세요."

격려라기보다 취기에 가까운 능구렁이 같은 행동에 움찔한 나는 손을 슬쩍 뺐다. 당황과 불쾌감이 한낮의 불볕더위처럼 얼굴을 화끈거리게 했지만 그 달구어진 화를 분출하지는 않았다. 부서의 중간 관리자인 나는 완만한 산을 넘듯 그 상황을 넘어가려 했다. 그가 불순한 의도로 그런 건 아니니까. 오랜만에 적당히 취했고, 오른팔이라 일컫는 부하 직원이 회식에 없었고, 주차장에서 문득 생각나 사무실에 들렀으며, 객쩍은 용기로 온정의 스킨십을 시도할 만큼 혈기가 올랐고, 그 대상이 하필 나일 뿐이었다.

그런 생각은 어릴 적 수영장에서 보였던 당찬 방어 능력을 상실했기 때문일지도 몰랐다. 레이스가 달린 수영 모자를 쓰고 튜브를 몸에 두른 일곱 살의 나는 당시 물속에서 신나게 첨벙거리고 있었다. "음파, 음파" 하는 엄마의 호흡 구령을 따라 헤엄치는데, 누군가 내 발목을 손잡이처럼 잡고 덜덜덜 흔들어댔다. 흠칫 놀라 "꺅!" 하고 호루라기보다 강한 비명을 내질렀다. 수영장 전체에 쩌렁쩌렁 울릴 만큼 크게.

"아니 헤엄치는 거 도와주는 거야."

낯선 아저씨는 아무렇지 않게 말했다. "아저씨, 그러지 마" 하면서 어린 나는 눈썹을 찡그리고 입을 실룩거렸다. 엄마가 저지하자 그는 멀리 가버렸고 다른 아이에게도 같은 행동을 하다가 안전 요원에게 잡혀 끌려 나갔다.

아닌 건 아니라고 단번에 말하는 솔직함. 그건 순진무구한 어린아이였기에 가능했던 행동일까. 경력이 쌓이고 직급이 올라가자 물 흐르듯 적당히 돌아가고 덮어가는 순탄한 생활에 젖어갔다. 하지만 은 근슬쩍 손을 빼는 건 순간의 곤란에서 잠시 벗어나는 것에 불과했다. 그러니까 그의 손아귀에서만.

나의 아무렇지 않은 듯한 행동이 어떠한 여지를 남긴 걸까. 그는 가재 집게처럼 흉한 팔을 양옆으로 뻗치더니 몸을 기울여 나를 덥석 안으려 했다. 술도 알딸딸하게 마셨겠다, 사무실에 아무도 없겠다, 게다가 평소 고분고분한 여직원의 쉬운 성향과 본인의 높은 지위, 이런 것들로 가재는 은근하게 선을 넘어 기어오고 있었다.

무슨 말이라도 해야겠는데, 선뜻 나오지 않았다. 아무리 그가 스 킨십이 일상인 미국에서 유학했다고 하지만 더 용납하면 스스로 바 보가 되는 것 같았다. 망설이고 망설이다 배꼽 밑 단전에 힘을 끌어 모아 역류하듯 내뱉었다.

"부장님! 지금 저 안으시려는 거예요? 좀 전에도 참았는데, 또 그 러시니까 불쾌해요."

순간 내 안의 또 다른 내가 깨어나는 느낌이었다. 성실하고 순한 김 과장이 아니라 가시를 찔러대는 꽃처럼 방어 기제를 거침없이 드 러내는 사람이 우뚝 서 있었다.

"아니 혼자 일한다고 해서 격려차 한번 올라온 걸 가지고는. 암튼 수고해."

그는 끝내 사과하지 않았고 집게발톱으로 뒷걸음질 치는 가재처럼 황급히 사무실을 빠져나갔다. 그것만으로도 콜라 한 잔을 벌컥벌컥 들이켠 것처럼 시원한 해소가 일었다. 퇴근길에 나는 그간 부당한 것을 참고 일한 이유에 대해 생각했다.

'그가 술에 취해서, 나이가 많아서, 지위가 높아서, 목소리가 커서, 힘이 세서, 잘나서……'

회사를 전전하며 만난 상사들이 생각났는데, 그중에서도 유독 대하기 어려웠던 상사의 얼굴이 떠올랐다. 각자 삶의 무대를 떠다니고 있을 그들은 구름처럼 한때 내 주변에 머물다 흘러가는 존재가 아닌가. 마음에 생채기를 냈던 권위적인 말투는 누군가를 압도하고 다스리기 위한 공격 기제가 아니었을까. 마치 정글의 법칙 속에 사는 동물처럼. 나에게 그건 강인함이라기보다 억지스러움에 가까워 보였다. 진정으로 강인한 건 꽃처럼 왔다. 끊임없이 꽃대를 올리는 한 송이 꽃처럼. 그렇게 스스로 지켜오고 살아내는 힘으로……

함수초는 8월이 되어서야 더위에 익은 듯한 홍색의 꽃을 피웠다.

솜털이 수북한 꽃 하나를 지키기 위해 얼마나 가시를 세웠던가. 함수초의 일침은 따끔했지만 참을 만했다. 그 날카로움에는 무례나 무시, 과장이 없고 정당한 레드카드만 있는 셈이었다.

함수초 7~8월에 홍색의 꽃을 피우는 상록수로, 잎을 건드리면 아래로 늘어지고 작은 잎이 서로 닿혀 합해진다. 잎의 움직임을 보기 위해 수시로 만지는 것은 꽃에 큰 스트레스이자 엄청난 에너지 소모를 일으키는 행위이므로 삼가는 것이 좋다.

2부

왜 그 일을 하나요? :

아네모네

엽은 꽃잎이 부스댈 때
씨앗은 바람을 타고
드넓은 세계로 몸을 던졌다

밤하늘을 담은 검은 눈동자
달빛에 붉게 젖은 꽃잎
그 속에서 고운 꿈이 피어나네

꽃아, 너는 기억하니
오래전 날아온 씨앗의 존재를
너의 삶이 무르익을 때
우리, 꿈의 씨앗이 되어
저 멀리 나아가자

퇴사는 실패가 아니야

:

　　문 앞에서 사표를 든 채 우물쭈물 망설였다. 머릿속은 창밖의 4차선 도로처럼 요란스러웠고 나는 그 한복판에 갇힌 사람처럼 서 있었다. 갈 것인가 말 것인가. 머리를 긁적이다 어깨를 펴고 긴 숨을 내뱉기 시작했다. 그건 습관처럼 내뱉던, 무언가가 새는 듯한 한숨과는 다른 호흡이었다. 먼지라도 털어내듯 '후' 하며 마음을 선명케 하는 것에 가까웠다. 문을 탁탁 두드렸다.

　　"사장님, 잠시 드릴 말씀이 있습니다."

　　그는 컴퓨터 화면을 응시한 채 가볍게 끄덕였다. 일에 몰입한 눈빛은 가느다란 선처럼 예리했는데, 나는 그것이 일종의 사장 '아우라'라고 생각했다. 그의 눈은 느슨하게 풀린 적이 없었다. 단단하게 조인 나사처럼 빈틈이 없고 무언가를 관통하듯 집요하고 날카로웠다.

　　그 딱딱한 아우라가 가끔은 공갈빵처럼 쉽사리 버그러지기도 했다. 강원도의 한적한 리조트로 워크숍을 갔을 때였다. 공식 일정을 마친 어스름한 밤, 그는 직원들이 자신을 썰렁한 방에 혼자 둔 채 자기들끼리 삼삼오오 모여 먹고 마시며 깔깔거리는 소리를 들었다. 머리에서 김이 나던 사장은 나에게 전화를 걸어 일갈했다.

"어딥니까? 왜 나만 빼놓고 놉니까!"

전 직원이 뿌르르 달려 나와 냉기가 올라오는 현관 앞에 무릎을 꿇고 싹싹 빌었다. "사장님, 잘못했습니다" 하는 소리가 복도에 곡성처럼 울려 퍼졌지만 사장이 묵은 방의 문은 좀처럼 열리지 않았다. 다음 날 피구 시합에 머쓱하게 나타난 그는 직원들의 패스로 공을 던질 기회를 얻자 얼굴이 환해지기 시작했다. 두둑한 코르덴 재킷을 벗어 던진 채 숨을 헐떡이며 구르는 공처럼 종횡무진 뛰어다녔다. 간밤의 일은 깡그리 잊은 듯이.

그런 것을 보면 직급이라는 게 별것 아닌 것 같았다. 단단하게 쌓아 올린 계단이라기보다 각자의 소외, 외로움을 가리고 있는 칸막이나 임시적인 바리케이드 같은 것일지도. 도시 전경이 펼쳐지는 고급 사무실의 사장일지라도 방 한 칸의 고립을 견디지 못해 아이처럼 투정을 부리지 않던가. 중후함과 권위는 온데간데없었다. 그러자 인간은 사장이나 말단이나 다 똑같다는 생각이 들면서 경직된 심장이 잠시 말랑말랑해졌다. 내가 자리에 앉은 뒤에야 그는 하던 일을 멈추고 고개를 들었다. 결재판을 내밀고 입을 열었다.

"사장님, 저 퇴사하겠습니다."

침묵이 길어질수록 내 시선은 점점 책상 끄트머리로 내려갔다. 그건 상대의 격해지는 마음과 거리를 두려는 본능적인 반응에 가까웠다.

"흠…… 퇴사?"

"공부하러 떠나려 합니다. 다음 달에 입학하게 되었어요."

"참, 그렇네. 혼자 준비 다 끝내놓고. 이렇게 통보해버리는 법이 어디 있나."

그가 쏘아보며 볼멘소리로 말했다. 얼굴은 실망감에 차갑게 굳어 있다가 성이 나 점점 벌겋게 달구어졌다. 창립 때부터 줄곧 같이한 직원이 회사가 불안정한 시기에 홀연히 떠나겠다고 하니 서운하다 못해 괘씸할 따름이었다. 반년 가까이 떠날 준비를 착착 해온 것을 보면 사람의 마음은 빗나가는 일기 예보처럼 예측하기 어려운 것일지도.

서른 살의 유학. 그건 회사 생활 내내 이어진 겹겹의 허무를 거둬 내는 나름의 과감한 결정이었다. 근사한 고층 빌딩에서 적당한 액수의 돈을 벌고 원하는 지위에 있어도 마음의 그림자는 좀처럼 지워지지 않았다. 그럴 때마다 '어느 길로 가야 할까?' 하고 스스로 물었지만 서른이 가까워지자 그 질문이 무의미했다. 인생은 수학 문제를 풀 듯 딱딱 정해진 답이 있는 게 아니었다. '가고 싶은 길을 그려나가면 그게 정답이다'라는 생각이 들자 머릿속에서 질문들이 흘러나왔다.

'그 일을 하면 즐거워? 보람 있어?'

'아니, 하나도. 돈 버는 거 빼고는 보람이 없어.'

'그런데 왜 하는 거야?'

'돈을 버니까.'

'그럼 돈을 벌기 위해 내가 존재하는 거야?'

'아니, 그건 아니지. 행복하기 위해 일하고 돈을 버는 거야.'

'그럼 좀 더 잘 맞거나 행복한 일을 시도해봐.'

'그게 뭔지 안 해봐서 모르겠어. 엄마가 적당히 일하다 결혼하는 게 편한 팔자라고 했어.'

'그건 엄마 생각이고. 내 생각은?'

'그게 누구에게나 정답은 아닌 것 같아.'

'그럼 더 시도해봐. 어차피 내 인생이잖아.'

'음, 그렇지…… 80대 여성 재즈 피아니스트 비기 어대어가 참 부러웠어.'

'경쾌한 스윙의 선율을 따라 그녀의 은발도 찰랑거리지.'

'그녀는 음표를 따라 살아왔나 봐.'

딱히 끝이라는 게 없는 무수한 질문과 답이 퇴근길의 가로수를 따라 줄줄이 이어졌다. 그럴수록 엉켰던 머릿속은 어둠 끝에 훤히 밝아오는 동쪽 하늘처럼 선명해졌다.

2년 전 부당 해고로 전 회사를 나온 사장은 의외의 투쟁을 하며 거대한 회사에 항의했던 나를 믿을 만하다고 판단했다. 머지않아 우여곡절 끝에 창립한 신생 회사에서 나를 마케팅 부서 과장의 자리에 앉혀다 놓았다. 직급은 있지만 경력은 부족했기에 시행착오를 반복할 수밖에 없었다. 급하게 출시한 신제품은 상자 불량으로 전량 리콜했고, 시장이 어떻게 돌아가는지도 몰라 프로모션은 적절한 시기를 놓쳐버렸다. 제품 상자가 쉽게 부서졌고 매출도 부서지면서 자존심이 부서졌다. 그 겉돌고 삐그러지는 시간은 자꾸만 '파쇄'라는 단어를 연상케 했다. 제품의 파쇄, 계약의 파쇄, 하루의 파쇄, 마음의 파쇄…….

애쓰고 공들였던 일들이 깨지고 부스러져 가루가 되는 듯했다. 모든 게 헛수고에 가깝다면 허다한 야근이나 주말 근무가 다 무슨 소용이란 말인가. 그런 생각이 들자 어느 순간 실연이라도 당한 듯 민얼굴로 출근하기 시작했고 벽과 대화하는 사람처럼 구석진 자리에 앉아 멀뚱멀뚱한 표정으로 일했다. "네", "아니요" 하며 최소한의 필요한 말만 하면서. 그러다 여섯 시가 되면 무슨 배짱인지 책상 정리도 하지 않은 채 가방만 달랑 들고 "가보겠습니다" 하며 사무실을 빠져나갔다.

점심을 먹고 조금이라도 바깥 공기에 몸을 담그고 싶었던 나는 담배꽁초가 수두룩한 쓰레기통 옆 화단에 쭈그리고 앉아 볕을 쬐었다. 화분 위로 색색이 물든 형형한 꽃을 흐리멍덩한 눈으로 살펴보던 순간은 무언가가 파쇄되지 않은 유일한 시간이었다. 어깨를 다독이는 햇살 아래에서 환하고 진한 주황빛 메리골드는 눈이 부셔 눈물이 고일 정도의 환희를 내뿜었다.

퇴사를 며칠 앞두고 사장이 물었다. 입사를 후회하느냐고. 나는 후회하지 않는다고 했다. 최선의 노력이 연이은 실패로 끝났지만 그건 실패가 아니라 아직 꽃이 피지 않았을 뿐이라고. 그 춥고 막막한 순간은 무언가에 닿으려는 듯 허공에 끝없이 손을 뻗쳐 올리는 나뭇가지의 생장과도 같은 시간이었다.

사직서를 낸 지 한 달이 지나고 영국행 비행기에 몸을 실었다. 구름 사이로 아득하게 보이는 중국과 러시아, 터키의 거대한 산맥을 넘어 대륙의 반대편을 향해 가는 여정은 생각보다 장엄하기까지 했다. 수천 피트 상공의 암흑 속에서 자그마한 불빛에 의지해 앞으로 나아가는 비행기처럼 삶이 아슬아슬하게 흘러간다고 느꼈다.

'이제부터는 진짜 혼자구나.'

런던 히스로 공항에 도착한 뒤 예약해둔 택시를 탔다. 한 시간가량 가다가 비포장도로에서 엉덩이가 아플 만큼 덜덜거리더니 한적한 에식스주에 도착했다. 텅 빈 3층 건물의 기숙사에 도착하자마자 침대에 누워 스르르 잠이 들었다. 몇 시간이 지나고 몸을 뒤척이다 눈을 떠보니 적막 속에 덩그러니 남겨져 있었다. 그 흔한 인기척도, 희미하게 울리는 자동차 경적도 이곳에서는 들리지 않았다. 사방이 어두웠고 모든 게 멈춘 듯 고요했다. 무엇을 할까 생각하다 머리 옆에 둔 컴퓨터를 켰는데, 한 통의 메일이 수신함에 도착해 있었다.

"김 과장, 그동안 수고 많았습니다. 해외 정착 지원금으로 용돈을 보냅니다. 그곳에서 건투를 빕니다."

두 줄의 메일에 눈가가 촉촉해졌다. 반년간 계좌에 매달 100만 원이 입금됐다. 사장은 작정하고 떠나버린 직원의 꿈을 어려운 상황 속에서도 응원해줬다. 감사함에 마음이 벅차올랐다. 나에게 주어진 시간, 고요한 밤하늘, 청량한 공기, 창밖의 드넓은 초원······. 이 평온한 밤은 당연하게 오는 게 아니기에.

침대에서 일어나 창문을 활짝 열었다. 선선한 풀 내음이 나를 창밖으로 불러 기숙사 뒤편으로 걸어 나갔다. 끝없이 펼쳐진 초원은 하늘과 맞닿은 채 울림에 가까운 소리를 냈고, 나는 달빛 한가운데 서서 잔잔하게 퍼지는 바람 소리를 들었다.

돌아오는 길 수풀 어딘가에서 붉게 반작이는 아네모네를 만났다. 달빛을 머금은 반투명한 꽃잎은 연신 흔들거렸고, 그 사이로 솜털 같은 씨앗이 스치는 바람을 타고 어디론가 날아갔다. 대륙을 건너 이곳에 홀로 와 있는 나처럼······.

유난히 빛나는 한 송이 꽃에게 가까이 다가갔다. 아네모네의 검은 눈은 깊고 어두운 밤하늘을 담은 채 먼 곳을 바라봤고 달빛에 붉게 젖은 꽃잎은 무언가를 간직하고 있는 듯했다. 저 멀리 어딘가에 자신을 묻은 채 뿌리내리고 있을 씨앗의 존재를.

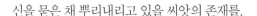

튤립

씨앗을 품은 마음은
꿈틀거리나 봐

샛노란 부리 하나 내밀고
소리 없이 뻐끔뻐끔
무엇을 노래하니

보이냐고? 희끗희끗
들리냐고? 사뿐사뿐
굽이굽이 걸어서 오는 봄

서른의 봄
:

유학을 한 달 앞두고 등록금을 부치는 날이었다.

"영국으로 송금하시네요. 공부하러 가세요?"

동네 은행원은 나에 대해 궁금해했다. 달리 말하자면 서른의 여자가 6년간 부은 적금을 깨고 해외에 송금하는 이유를 알고 싶어 했다. 다음 달에 입학한다고 하자 그녀는 공감이라도 하듯 고개를 끄덕였다.

"부럽네요. 저도 가고 싶었는데, 너무 늦었어요."

"왜 늦었다고 생각하세요?"

"제 나이가 서른다섯이거든요."

"저도 주변에선 이미 늦었다고 해요."

문을 열고 나오면서 생각했다. 늦은 게 아니라 '이거 아니면 안 된다' 할 만큼 절실하지 않았을 뿐이라고. 그녀의 삶은 평균의 수치 속에서 굴러가지 않았을까. 정시에 출근해 착실하게 실적을 올리며 유니폼 속에 딱 맞게 안착한 삶, 그런 삶은 적당할 것 같았다. 하지만 그 적당함만으로 채울 수 없는 무언가가 있다면, 어울리지 않은 옷을 입은 것 같은 겉도는 불편함이 일상을 잠식한다면 삶은 다른 방향으로 나아가야 했다. 그런 변화는 영화처럼 극적인 장면으로 오지 않았다. 연못에 작고 동그란 돌 하나를 던진 것처럼 잔잔한 파문이 이어지고 이어져 삶이 흐르는 줄기가 바뀌는 것에 가까웠다.

은행 맞은편에는 〈미스터 바리깡〉이라는 이발소 간판이 보였고 누군가 머리를 미는지 '윙' 하는 기계음이 들렸다. 숱하게 듣고 지나친 소리였지만 그날은 거액의 금액을 몽땅 송금해서 그런지 심장이 덜덜덜 진동할 만큼 크고 가깝게 들렸다. 저지른다는 건 머리를 미는 바리캉처럼 앞뒤 가리지 않고 쓱쓱 밀고 나가는 게 아닐까. 이발소 손님은 군대에 가거나 일종의 투쟁을 위해 삭발을 하는지도 몰랐다. 민둥하게 다듬어지는 거울 속 모습에 눈물을 찔끔 흘렸을지도. 그건 바닥에 새까맣게 떨어진 머리카락 뭉치가 아까워서가 아니라 결심과 행위만으로 이미 무언가를 해낸 것처럼 눈시울이 뜨거워지는 것이었다.

평일 대낮의 시장은 한산했다.

"새우젓 좀 사이소."

해산물 가게 아주머니의 목소리에 졸던 누렁이가 귀를 쫑긋 세우고 감긴 눈을 동그랗게 떴다. 그 정도로 시장 골목은 조용했지만 쨍한 햇볕이 빈틈없이 들어찬 그곳이 내게는 어느 때보다 와글거리고 활기차게 느껴졌다. 이스트가 잔뜩 들어가 부풀 대로 부풀어 오른 분식집 진열대의 찐빵처럼 마음이 가득 차올랐다. 설렘, 기대, 확신, 희망 같은 것들로 끊임없이 팽창했다.

뜬금없이 회사를 그만두고 유학을 떠난다고 하자 주위의 반대가 거품처럼 일어났다. 친구나 동료들은 응원했지만 가족과 주변 어르신들은 일제히 혀를 끌끌 찼다.

"또 헛바람이야? 적당히 시집이나 가라."

"이제껏 하고 싶은 대로 하고 살았잖아. 그만큼 했으면 됐지."

그런 반응은 당연했다. 사회적 지위나 명예가 보장되는 길도 아니고 모아둔 돈도 다 까먹으면서 플로리스트 유학이라니. 금전적인 득실만 따져보아도 어른들이 보기에는 기가 차는 일이었다. 회사 잘 다니던 애가 무슨 대단한 바람이 나서 그리 멀리까지 가냐며 노심초사했다.

"그래봤자 2년이야. 백세시대에 2년이면 정말 짧은 시간 아니야?"

거시적인 관점으로 설득을 하긴 했지만 먼 곳에 자식을 혼자 보낼 부모의 마음이 이해가 가기는 했다.

유학은 번개 몰아치듯 내린 결정이 아니었다. 지난해 나는 여러 결의 모습으로 늦은 저녁까지 사무실을 지켰다. 형광등처럼 두 눈을 하얗게 뜨고 신제품 패키징에 매진하던 열정의 직장인으로. 통장에 잔액은 쌓이지만 자신이 소모되고 닳아가는 밤이 문득 허무하다고 느낀 고뇌하는 현대인으로. 점점 늘어나는 나이와는 반대로 축소되고 가라앉는 스물아홉의 우울한 여자로.

일하고 먹고 자고 숨 쉬는 김 과장은 존재했지만 '나'는 희미하게 사라져 갔다. 뻑뻑한 삶의 기름칠이라 할 수 있는 치맥이나 로맨틱 코미디 영화, 주말의 늦잠으로도 복구가 안 될 정도였다. 꽉 찬 업무에서 벗어나 숨 쉴 틈을 찾다가 매주 한 번 취미 삼아 꽃을 만지기로 했다. 춥고 까만 1월의 저녁, 잠시 자리를 비운 것처럼 책상을 흐트러뜨리고 평소보다 일찍 사무실을 슬금슬금 떠났다. 분식집에서 어묵 몇 개를 뚝딱 집어 먹고 플라워 아카데미로 향하는데, 겨울이지만 무언가 화하고 산뜻한 공기에 휩싸인 것처럼 팔랑팔랑 들뜨기 시작했다.

그곳의 겨울밤은 어느 봄날보다 선명하고 환했다. 장미와 튤립, 수선화가 난만하게 핀 꽃밭 한가운데에 있는 것처럼. 대여섯 명 앉을 법한 좁은 강의실을 밝힌 건 무엇보다도 샛노란 튤립이었다. 도도록한 봉오리는 새끼 새나 오리의 부리처럼 귀여웠고 짹짹거리기라도 하듯 살며시 벌어지기도 했다.

뿌리가 없고 줄기가 잘렸지만 튤립은 살아 움직였다. 작은 뜨락이라도 만드는 것처럼 꽃을 한데 모아 바구니에 꽂았는데, 이튿날 튤립의 줄기가 경중 올라와 노란 주둥이를 내밀었다. 나는 마음 맞는 친구라도 만난 것처럼 그 모습을 반가워했다. 얼굴을 들여다보고, 향기를 맡고, 물을 갈아주면서 얼었던 무언가가 녹는 것 같았다. 그러자 땅속에 갇혔다 탈출구라도 찾은 사람처럼 필사적으로 유학 준비에 매달렸다. 저녁마다 꽃을 배우고 학교 입학에 필요한 시험 준비를 착착 해나갔다.

영국으로 건너가 1년 동안은 학교 기숙사에서 차분하게 살다가 다음 학년부터는 일자리가 많은 런던으로 이사하기로 마음먹었다. 런던은 두 얼굴의 도시였다. 애프터눈 티를 즐겨 마시고 주택에서 정원을 가꾸는 사람들, 템스강에 차랑차랑 울리는 빅벤. 도시는 엽서 속 사진처럼 아름다웠지만 삶에는 들추어보지 않은 이면이 존재했다. 집값이 저렴해 찾아간 동네에는 그늘지고 퀴퀴한 골목마다 인디언들이 빽빽하게 모여 살았다. '여기가 과연 런던인가?' 하며 놀랄 정도였다. 음산한 거리 곳곳에는 하루살이가 무서울 정도로 바글댔고 갈 곳을 찾지 못해 헤매는 것처럼 여기저기 떠다녔다.

결국 런던 중심에서 멀지 않은 곳에 저렴한 기숙사를 얻었는데, 그 비용도 만만치 않아 프랑스인 룸메이트와 방을 같이 썼다. 어느 날 동유럽 출신의 덩치 큰 건물 관리자가 방문을 세게 두드렸다.

"너 아직도 월세를 내지 않았어. 금주 내로 입금되지 않으면 여기서 바로 나가야 해."

며칠 전 은행에 가서 입금했다고 설명했지만 믿지 않았다.

"어쨌든 입금자 명단에 표시가 안 되어 있어. 건물주한테 직접 가서 얘기하든지."

은행에 가서 재확인을 하고 건물주에게 연락을 했지만 피하려는 듯 며칠째 전화를 받지 않았다. 급기야 기한을 하루 앞두게 되자 묻고 물어 무작정 그의 집을 찾아갔다. 어둑한 밤이 되어 그가 나타나자 기다렸다는 듯 증거 자료를 내밀어 항의했다. 그는 착오가 있었다며 사과했지만 오래 머문 친구에게 들은 바로는 내가 처음이 아닌 듯했다. 나이가 어려 어리숙하거나 영어가 서툰 유학생들에게 얼김에 슬쩍 월세를 두 번 받으려는 속셈이었다. 열악한 곳에서 혼자 뿌리를 내리는 시기는 냉혹했다.

시간은 금세 흘러 한국에서 플로리스트로 활동하기 시작했다. 마음은 한없이 뜨거웠지만 현실은 밤을 새우다 쪽잠을 자는 차 안의 새벽 공기만큼이나 더더욱 차가웠다. 꽃의 조합이 마음에 안 든다며 명품을 휘두른 사모님 앞에서 면박을 당할 때면 한없이 기가 죽었다. 그렇지만 그 지난하고 지난한 시간 속에서 예전처럼 소모되고 희미해지는 게 아니라 더 단단해지는 확신이 들었다. 깊은 땅속에서 봄을 기다리는 튤립의 알뿌리처럼 마음속에는 하나의 씨앗이 꿈틀거렸다. 그럴 때면 가위를 들고 꽃을 꽂았다. 어김없이.

튤립   추위를 견디는 알뿌리 식물로 가을에 심으면 다음 해 4~5월에 종 모양의 꽃이 핀다. 튤립의 꽃은 빛과 온도에 반응해 아침이면 꽃봉오리가 피었다가 저녁이면 오므라든다. 튤립 *Tulip*의 어원은 '터번 *turban*'에서 비롯됐는데, 만개한 모습이 이슬람교도들이 머리에 두르는 터번과 닮았기 때문이다.

카네이션

줄기 곳곳에
튀어나온 뼈마디

꽃잎을 품고 또 품어
포대기처럼 불룩한 씨방

고운 향기가 닳도록
애쓰는 마음
벌들은 어떻게 알고 왔을까

서른셋이 되면서 부모로부터 나름 독립을 하게 되었
다. 정확히 말하면 완전한 독립은 아니고 약간의 물리적인 거리를
두게 된 셈이었다. 한 건물의 다른 층에서 살게 되었으니까. 그보다
멀리 간 홀로서기의 첫걸음은 부모님의 만류에도 불구하고 유학을
떠난 서른의 나이였다. 되돌아올 걸음이긴 했지만.

"도착하면 연락해."

출국장 앞에서 엄마는 손을 살짝 흔들며 딸을 국내 어딘가로 수학
여행 보내듯 덤덤하게 말했다.

"멀리 가버린 딸 걱정해서 뭐하나. 알아서 잘 살겠지."

말은 그렇게 해도 엄마의 마음은 8,854킬로미터의 상공을 날아가
딸에게 가까이 머물렀다. 통화를 할 때면 "너 사는 데는 괜찮니?" 하
면서 나도 모르는 영국의 폭설과 런던 한복판의 택시 기사 난동 사
건을 훤히 알고 있었다. 엄마가 때때로 보낸 소포에는 요긴한 생필

품도 가득했는데, 보통 라면과 햇반, 전기장판과 몇 벌의 옷, 커피가 대부분이었다. 내가 즐겨 씹던 자일리톨 껌과 좋아하는 과자도 두툼한 옷가지 사이에 누워 있었다. 소포는 꼭 필요했다기보다 그것을 찬찬히 준비했을 엄마의 모습을 그리게 했기에 받을 때마다 애틋한 여운이 일었다. "거기 안 추워? 옷 안 부족해? 끼니는 잘 챙겨 먹는 거지?" 하고 눈썹을 치켜올리며 궁금해했을 엄마의 표정이 떠올랐으니까.

2년 뒤 입국장에서 다시 만난 엄마의 모습은 멀리서 보아도 예전보다 희끗희끗했고 수심인지 주름인지 모를 것들이 얼굴에 묻어 있었다. 먼발치에서 엄마를 알아본 나는 대책 없이 떠난 딸이 엄마를 그렇게 만든 것 같아 눈물을 왈칵 쏟았다. 내가 원하는 것을 마음껏 해온 2년 동안 엄마는 어떻게 지냈을까. 아득하고 뜸한 연락을 기다리며 마음 졸이고 살지는 않았을까. 팔로 눈물을 훔치고 인파 속에서 "엄마" 하고 손을 흔들자 엄마는 피식 웃는 얼굴로 나를 맞았다.

어릴 적 나는 일하는 엄마의 모습을 싫어했다. 새벽이면 목장갑을 끼고 가게 입구에 수두룩하게 물건을 진열한 엄마는 늦은 밤까지 벌겋게 충혈된 눈을 깜박이며 벌처럼 몸을 움직였다. 손님이 없는 틈

틈이 요리와 청소를 하고, 빨래를 돌리고, 두 딸의 숙제를 챙기면서 안간힘으로 살았다. 극심한 피로감과 어지러움에 자양 강장제나 커피를 수시로 마셨고, 그것으로도 부족하면 몰래 술 한잔을 홀짝이며 기나긴 하루를 버티곤 했다.

늦은 밤 술에 취해 비틀거리는 남자가 막걸리를 사러 오면 횡포라도 부릴까 싶어 영업이 끝났다며 손을 휘휘 저어 내보냈다. 그리고는 가게를 정리하고 문 닫는 척을 하며 갈 때까지 기다렸다. 그렇게 가게를 지켜온 엄마의 고생이 헛수고가 될까 봐 초등학생인 나는 가게에서 팔던 과자나 사탕 하나에도 쉽게 손을 대지 않았고, 어쩌다 몰래 빵을 먹을 때면 약간의 죄책감에 눈물을 뚝뚝 흘리다 목이 막혀버렸다. 언젠가 엄마가 정장을 차려입고 학교에 왔을 때 우리 반 아이 한 명이 엄마를 알아봤다.

"어! 가게 아줌마잖아. 맞지?"

고개를 끄덕이던 나는 그 아이가 고단하게 일하는 엄마의 모습을 기억하는 게 내심 불편했다. 일하는 엄마가 고맙기는 했지만 그 고생하는 모습을 아무에게도 보이고 싶지 않았으니까. 그때 나는 엄마의 사랑을 이해할 수 없었다. 그 사랑은 아름답게 포장될 수 없고 고된 노동과 땀, 눈물 속에서 비릿하게 배어 나오는 것이기에.

몇 년 전 엄마는 거실에 둔 의자를 다른 곳으로 옮긴 사실을 깜박하고 원래 자리에 앉으려다 땅바닥에 주저앉고 말았다. 순간 손으로 바닥을 짚어 손목뼈가 부러졌고 보름 가까이 입원해야 했다. 라면 끓일 때 말고는 주방에 머문 적이 없던 나는 어설프게라도 집안일을 했지만, 그 빈자리가 채워지지 않아 삶의 한 부분이 뻥 뚫린 것 같은 썰렁함에 휩싸였다.

퇴근 뒤 컴컴한 저녁에 반찬거리를 사기 위해 동네 시장을 들렀다. 생선 가게 입구에는 환한 전구가 여러 개 켜져 있고, 그 아래에는 드러누운 생선의 푸르스름한 배가 행렬을 이루며 싱싱하고 때깔 좋게 매대를 채웠다. 그 사이로 가게 주인은 고무 장화를 신은 채 바스락거리는 비닐 소리를 내며 지나다녔다. 밤의 시장은 대체로 조용했지만 물렀으니 깎아달라, 안 된다 하며 500원짜리 동전 하나에 티격태격 실랑이하는 소리가 들리기도 했다. 그럴 때면 엄마가 떠올랐다. 가게 문을 닫을 무렵 동전을 세며 깊어갔을 엄마의 밤이. 그렇게 흘러갔을 엄마의 세월이. 그때의 엄마에게 깜깜한 밤은 쌓여 있는 재고만큼이나 무겁고 막막해 쉽게 잠들 수 없는 시간이 아니었을까.

시장 골목의 끝에 이르렀을 때 차도로 이어지는 구석에는 푸른 봉

고차 한 대가 멈추어 있었고 마늘, 파, 양파들이 인도에 줄줄이 자리를 잡았다. 차 뒤편에는 한 소녀가 쭈그리고 앉아 노부부의 장사를 돕는 듯했다. 포니테일로 묶은 머리카락과 동그란 얼굴, 통통한 체구와 '몸빼' 바지. 소녀는 아낙처럼 펑퍼짐하게 앉아 일했다. 나는 그 능숙함이 귀엽다고 생각했다. 그녀는 작고 도톰한 손으로 마늘을 다듬어 빨간 소쿠리에 담았고, "다 됐어" 하며 들고 나오면 노부부가 인도에 진열하고 손님을 맞았다.

"싱싱하고 좋아. 없어서 못 팔아요, 지금."

"예, 예."

파 한 단을 계산하려던 나는 소녀의 얼굴을 가까이서 보게 되었다. 편평한 얼굴에 살짝 올라간 눈꼬리, 그녀는 다운증후군이었다. 새우등처럼 허리가 구부러진 할아버지와 머리에 쪽을 진 할머니, 그리고 열 살 남짓의 소녀. 세 식구는 박자를 맞추며 부지런히 물건을 팔았다. 뒤에서 다듬고 앞에서 팔고 나르고 하면서 전구 아래 모여 있는 가족의 모습이 둥근 달보다도 환하게 골목을 비췄다. 그 모습을 지켜보던 나는 노부모의 일을 신나게 돕는 소녀가 나보다 나은 딸이라 생각했다. 그녀처럼 부모를 대한 적이 있었나. 부모의 노동을 먼발치에서만 바라봤고, 그 푸석한 얼굴과 트고 갈라진 손이 초라하다고 외면하진 않았나.

이듬해 어버이날이 가까워졌을 때 카네이션 화분 한 포기를 사서 거실에 두었다. 화분 속 꽃을 들여다볼 때면 꽃잎처럼 한데 모여 서로 감싸 안은 듯한 어느 가족의 모습이 떠올랐다. 그윽한 향기는 없지만 순박하고 해맑게 오래 피어 있는 분홍빛 카네이션이 한 사람을 닮았다고 생각했다. 동글동글한 얼굴에 송골송골 맺힌 땀을 닦으며 발그레 웃던 소녀를.

카네이션 사계절 내내 감상할 수 있는 절화로, 화병에 꽂아두면 수명이 비교적 길다. 예전에는 빨간 카네이션이 대부분이었지만 콜롬비아에서 많은 양을 수입하면서 색상이 다양해졌다. 줄기 한 대에 한 송이가 피는 스탠다드형과 줄기 한 대에 여러 송이가 피는 스프레이형으로 나뉜다.

코스모스

살래살래 흔드는 몸짓으로
가슴에 스미는 향기로
살며시 다가왔다가

이별의 무게에
우수수 떨어지는 꽃잎

눈물이 씨앗처럼 박힌
아픈 자리에
계절은 호호 불어
꽃을 피우네

연애는 꽃처럼 왔다

:

길 건너편의 소개팅남은 백팩을 등에 달고 두리번거리고 있었다. 그건 예상을 살짝 빗나간 모습이었다. 두툼한 가방을 메고 있다는 건 다른 중요한 용무를 보다가 넘어온 듯한 인상을 풍겼으니까. 가까이 다가갈수록 그의 인상이 또렷하게 보였다. 직선의 2 대 8 가르마와 작은 눈, 그의 인상에는 대학로의 풋풋한 활기와는 다소 분리된 딱딱함이 묻어났다. 그는 첫 만남에서 감명 깊게 읽은 책의 문구를 낭독하거나 하는 일의 절차를 구구절절 나열했다. 대화 내내 고리타분한 강의를 듣는 것 같은 지루함을 간신이 참고 있었지만 머리에 쥐가 난 듯한 상황에 다다르자 한마디 내뱉을 수밖에 없었다.

"저, 그만 집으로 갈까요?"

돌아오는 길 후터분한 밤공기의 답답함에 한숨이 새어 나왔다. 거리에 흔한, 자석처럼 붙어 다니는 연인들은 얼마나 극적인 인연이

닿은 걸까. 도시의 밤하늘에서는 좀처럼 보이지 않는 별처럼 가물가물하고 아득한 게 사랑인 것 같았다.

연락은 어쩌다 하나씩 떨어지는 나뭇잎처럼 심심하고 드문드문하게 왔다. "날씨가 화창해요", "좋은 하루 보내세요"라고 문자 메시지가 오면 "네, 그런 하루 보내세요"라고 하면서 빙빙 도는 짧은 문장들이 오갔다. 그러다 "주말에 뭐 해요?", "영화 볼래요?" 하면서 만남으로 이어졌다.

차가워진 바람에 몸이 선득한 주말, 대화 없이 멀뚱하게 영화를 보고 그냥 헤어지기 뭐해 저녁을 먹기로 했다. 손님이 간간이 있는 고깃집에 들어가 불판을 마주하고 앉았다. 서울의 가시거리가 어땠고, 일은 얼마나 피곤했으며, 몇 시에 잠을 자는가 하는 이야기들을 온기가 도는 탁자 위에 하나씩 꺼내놓았다. 그렇게 밋밋한 일상을 말하고 끄덕끄덕 들어준다는 건, 대화가 지겹지만은 않았다는 건 서로를 조금씩 마음에 들이는 일이었다. 딱딱했던 두 마음이 달구어진 석쇠 위를 오가며 점점 노글노글해졌다.

"하루 중 어떨 때 행복해요?"

"음, 저녁에 가족이랑 따뜻한 밥 한 끼 먹을 때요."

밥 한 숟가락에 고기를 얹어 입에 넣던 나는 그 소박한 말이 찰진 밥알처럼 내 안에 달라붙는 것을 느꼈다. 그건 그가 멋있는 사람이라서가 아니라 '가족', '밥 한 끼'라는 감성적인 단어가 때마침 싸늘했던 가을밤을 지필 만큼 뜨끈하게 다가와서였다.

언젠가 읽은 《사랑에 대하여》라는 러시아 소설에는 사랑이라는 감정이 어떻게 생기는지 생각하게 하는 대목이 나온다. 아름다운 뻬라기야가 난폭한 술꾼인 요리사 니까노르를 사랑하는 것처럼 사랑은 그저 알 수 없는 것들로 가득 차 있었다. 그래서일까. 작가는 사랑을 그 자체의 가치로 바라보려 했다. 행복이나 불행으로 이러쿵저러쿵 정의할 수 없는 고유한 가치로. 나 역시 그랬다. 이유를 찾으려 할수록 사랑은 희미해져 갔다. 그저 감각으로 다가오는 게 사랑인 듯했다. 그가 입은 두툼한 뜨개옷의 포근함, 하늘 끝에 매달린 붉은 노을의 애틋함, 휴대전화를 귀에 대고 있으면 느껴지는 낮은 목소리의 떨림, 그런 감각의 자극으로 마음을 움직이는 게 사랑인 것 같았다.

그를 만나러 가는 날 동네 길가에는 코스모스가 고개를 살래살래 흔들어댔다. 어쩌면 사랑이라는 건 코스모스 향기처럼 마음의 빈 곳으로 은근슬쩍 흘러들어 오는 것일지도. 그렇게 시작된 사랑에는 정해진 모양이 없고 함께한 시간의 농도만큼 울긋불긋하게 물들어가는 마음만 있기를 바랐다. 그런 사랑의 모습이라면 깊고 황홀할 것 같았으니까. 마치 어떠한 시기를 통과해온 짙은 빛깔의 단풍처럼. 그도 사랑에 대해 나와 같은 생각을 하는지 설핏 궁금하기도 했다.

만나서 한참을 걷다가 청계천의 돌다리를 건너려는데, 그가 도와주겠다며 손을 내밀었다. 두 손이 살포시 포개졌고, 우리는 한산한 야외 테라스에서 맥주를 마셨다. 저녁이 되자 졸졸 흐르는 청계천 위로 불빛이 은연하게 떠다녔다. 그 잔잔한 모습에도 마음이 찰랑거릴 무렵 그가 나지막하게 말했다.

"아이는 엄마가 키워야 한다고 생각해."

감미로운 바람에 젖어 들던 밤, '키워야 한다'라는 그의 말이 얼마나 확고부동한 건지 그때는 알지 못했다. 그에게 사랑은 하나의 뚜렷한 모습으로 귀결되어야 했다. 일에 매진하느라 집을 비우는—그것이 당연한—남편, 살림과 육아를 묵묵히 감당하는 아내. 그 모습은 누구라도 수정하거나 지울 수 없을 만큼 선명하게 각인되어 있었다. 시간이 흐를수록 그 말은 계약서에 찍는 도장처럼, 어떠한 당위성을 지닌 것처럼 강력하게 들려왔다. 그가 내 생각을 궁금해하지 않았기에 더욱 그랬다.

"정말 그렇게 생각해? 아이에게 엄마가 필요한 건 맞는데, 결혼한 여자도 꿈이 있을 수 있잖아. 절충이라는 게 그럴 때 쓰라고 있잖아."

일하는 엄마, 그런 모습의 여성은 예전 직장에도 수두룩했다. 영업 팀의 최 과장은 초등학생 아이 둘에 시부모님까지 모시고 살았다. 야근 뒤 피곤에 젖은 몸으로 쌀을 씻고 밑반찬을 만들다 잠자리에 들었던 그녀의 하루는 다듬어지지 않은 물미역만큼이나 길고도 무거웠다.

"여보, 다섯 시에 둘째 수영 보내야 한다고 했잖아. 숙제는 다 봐 준 거지?"

각자가 나누어서 하는 살림은 뒤죽박죽이면서도 어떻게든 얼기설기 굴러가다 자리를 잡았다. 그녀는 야근 중 소리 없이 피식 웃곤 했는데, "왜 그러세요?" 하고 물으면 휴대전화 화면을 보여줬다.

"엄마, 고생이 많으세요."

여덟 살 아들이 보낸 문자 메시지였다. 물방울무늬의 잠옷을 입고 누운 곰돌이 이모티콘도 보였다. 그럴 때 최 과장의 얼굴은 사무실 형광등처럼 환해졌고 똘똘 뭉친 힘이 그녀를 지탱하는 것 같았다.

어렴풋이 상상하는 결혼은 그런 모습이었다. 본인이 원한다면 직장인이든 프리랜서든 좋아하는 일을 하며 사는 여자가 행복해 보였다. 한 사람만이 모든 식구가 먹고, 입고, 흘리는 것을 도맡아 치우며 살아야 한다고 못 박는 건 부당하다고 생각했다.

그는 작은 사업체를 운영하며 해당 분야에서 겸임 교수로 일했다. 어느 날은 내가 교수의 아내가 되고 싶은지 사업가의 아내가 되고 싶은지 물었다.

"글쎄, 네가 하고 싶은 일을 해야지. 그건 네 꿈이잖아."

그 말을 하면서 하고 싶은 일을 하는 그와 옆에서 행복해하는 내 모습을 동시에 떠올리자 마음이 부풀었다. '함께'라는 모습으로 꽉 차오르는, 그렇게 불완전한 두 사람이 서로를 채워가는 것. 얼핏 떠올려보는 사랑은 가을의 열매를 닮은 모습이었다.

이듬해가 되자 우리는 점점 어긋나기 시작했다. 이별의 신호는 모든 것에 무게를 달았다. 시계의 초침 소리가 무거웠고 떨어지는 나뭇잎에도 가슴이 철렁 내려앉았다. 점점 뜸해지는 연락은 일상의 균열과 같아 나를 불안하게 만들었다. 기다리다 못해 전화를 하면 그는 "그냥 일하고 있어"라고 시큰둥하게 말했다. 식어버린 목소리는 다른 세계에서 나는 소리처럼 감이 멀었고 마음을 편편이 갈라놓을 만큼 뚝뚝 끊어졌다.

생각만큼 순종적이지 않은 나와의 결혼은 아무리 생각해도 머릿속에 깔끔하게 그려지지 않았을 터였다. '헤어지는 게 낫겠다'라고 마침표를 찍듯 이별이 왔지만 그렇다고 사랑이 덩달아 종료되는 건 아니었다. 마음에는 중력이 있어서 남아 있는 이는 떠난 이에게 끌려가기 마련이었다. 함께 있던 장소를 지나치거나 그가 좋아하던 음식과 입던 옷을 보면 그 사람이 마음속에서 먹고 자고 입으면서 숨을 쉬고 살아가는 것 같았고 아주 가까이서 그를 실감하는 것만 같았다. 그를 만질 수 있을 것 같았고 목소리를 듣고 있다는 착각이 들기도 했다. 그리움이란 그런 기대로 텅 빈 마음의 허기를 채우는 것이었다.

그러다 어느 순간 모든 게 허상임을 알리기라도 하듯 나락으로 떨어지는 꿈을 꾸면 "아니야!" 하고 몸이 바르르 떨면서 잠에서 깼다. 약속을 줄줄이 잡아 친구를 만나거나 줄 서서 기다려야 하는 맛집을 찾아다녀도 그 시간은 채워지지 않았고 어딘가가 무너져 내리는 것처럼 아프기만 했다. 애써 웃고 괜찮은 척을 할수록 마음은 괜찮지 않아 이별의 부재를 극명히 드러내고 각인시킬 뿐이었다. 오히려 아픔이 아물기 위해서는 텅 빈 시간이 필요했다. 아무것도 하지 않고, 서두르지 않은 채 시간의 무게가 공기처럼 가벼워질 때까지 기다리는 시간이…….

회복은 애쓰지 않아도 다가오는 계절과도 같았다. 메말라가다 못해 타들어갈 듯한 여름이 지나자 오랜만에 친구가 바람이라도 쐬러 나가자고 연락이 왔다. 더위가 차츰 수그러들고 공기가 가볍고 투명해지자 한 시기가 지나가는 게 느껴지기는 했다. 다시금 찾아온 가을의 길가에는 줄기만 길게 자란 코스모스가 무리 지어 피어 있었고, 엷은 꽃잎들이 어떠한 무게에 버티지 못해 속절없이 떨어져 나가거나 시들어갔다. 친구는 가을을 타는지 외롭다고 했다.

"너 결혼하고 싶은 거야?"

"결혼하고 싶은 건 아니고 연애하고 싶어. 왜 그런 거 있잖아. 설레고 애틋한 거. 마음이 꽉 차오르는 듯한 감정."

차오른다는 말이 더는 멀게 느껴지지 않았고 우리가 거니는 어떠한 풍경을 담고 있는 것처럼 생생하게 와닿았다. 구름을 말끔히 지운 듯한 선명한 하늘, 초록과 노랑이 물든 은행, 불그스름한 국화가 그랬다. 한참을 걷는데, 비스듬한 햇살이 등을 온화하게 어루만졌다. 우리는 그 계절의 빛 속으로 말없이 걷고 또 걸었다. 지난한 시기를 보내고 가을볕에 여무는 모습을 바라보면서.

코스모스 가을 들판에 물결을 이루는 코스모스는 '순정'이라는 꽃말과 잘 어울리는 서정적인 느낌의 꽃이다. 가운데에 여러 개의 작은 꽃이 모여 머리를 이루는 디스크 플라워와 가장자리를 두른 한 겹의 꽃잎들인 레이플라워로 이루어져 있다. 꽃이 진 10월 이후에 작은 열매를 맺는다.

마거리트

햇살을 머금은 얼굴
누굴 보고 살랑살랑 웃니
누구의 그늘을 달래주려고

서성이다 맞이한 봄
기쁨이 목에 엉기어
한참을 웃었지
내 맘에도 꽃씨를 뿌린 거니

아 픈 데 웃 는

:

변화는 이별을 통보받은 호프집에서 시작됐다. 그렇다고 그날 이후 체중을 줄여 멋지게 변신한 건 아니었다. 독신을 고수해야겠다고 마음먹은 건 더더욱 아니었다. 한동안 연락이 없다가 먼저 얼굴을 내민 건 그였다. 나와 그는 몇 개월 만에 만나 부대찌개를 먹었다.

"아주머니, 채소는 업그레이드하고요. 라면 사리, 사이다 추가요."

메뉴판을 외우기라도 하듯 한참 들여다본 건 결정적인 순간을 한 발치 밀어두고 싶은 심정에서였다. 그런데 뜸을 들여도 마음은 좀처럼 가려지지가 않았다. 찌개가 졸아서 불을 끄면 불어 터진 당면과 고기가 실체를 드러내는 것처럼. 소복이 담긴 밥을 곱씹어 먹어도 ― 대화가 끊어져서 그런지 ― 몇 분 만에 스텐 공기의 밑바닥이 보였다.

저녁을 먹고 정말 대화가 필요한 순간이 오자 근처 호프집에서 생

맥주를 마셨다. 호프집 사장은 옆 테이블의 덩치 큰 손님이 덥다고 하자 에어컨을 켰다. 우리는 서로의 근황을 미적지근하게 주고받다 연거푸 맥주만 마셨다. 시원하다 못해 어딘가 싸한 바람 소리, 김빠진 맥주, 그리고 식어버린 사랑……. 탁자 위에는 마음을 서늘하게 하는 것들만 있었다. 이윽고 그가 입을 열었다.

"난 아무리 생각해도 아닌 것 같아. 우린 생각하는 게 너무 달라. 너를 잘 모르겠어."

"그래, 그 말이 하고 싶었던 거구나."

나는 그저 예사롭게 반응했다.

"근데 지금도 나는 널 잘 모르겠어. 왜 그런지 알아?"

그는 내 눈을 표정 없이 응시하며 말을 이었다.

"내가 헤어지자고 말하는데, 너는 웃고 있잖아."

정적이 흐르는 동안 날아오는 공을 맞은 것처럼 얼굴이 얼얼했다. '지금 웃고 있다고? 내가?'

그럴 리가. 턱을 쓰다듬듯 얼굴을 매만졌다. 지퍼처럼 닫힌 입술은 포물선을 그리며 양 끝이 올라가 있었다. 나는 그제야 내 표정과 마음이 겉돌고 있음을 알아차렸다. 무언가 '쿵' 하고 떨어진 것처럼 마음이 산산조각 깨졌는데, 사랑이 와르르 붕괴했는데, 미소라니.

겸연쩍어지자 입술이 시든 꽃처럼 내려왔다. 잔 불씨처럼 남아 있던 기대마저 꺼져버리자 그를 바라보는 게 김빠진 맥주를 마시는 것보다 거북스러웠다.

집까지 바래다주겠다는 그의 말에 됐다며 등을 돌렸다. 수없이 함께 걷던 길을 혼자서 걸어가자 익숙한 거리의 모습이 생경하게 다가왔다. 곳곳의 간판은 눈이 쓰라릴 정도로 환했지만 거리는 막막하게 깜깜했다. 어디선가 흘러나오는 가요는 유치할 만큼 감미로웠고 지나가는 모든 풍경이 심장을 뭉그러뜨리는 것처럼 아프게만 다가왔다. 전봇대 위로 복잡하게 엉킨 전깃줄과 덩그러니 서 있는 가로등, 지나가는 이의 웃음, 식당의 왁자그르르한 모습까지도.

이튿날이 되자 이별의 통증은 뚜렷하게 감각됐다. 시간은 어젯밤 그 순간 받아들이기 힘든 이별 앞에 '턱' 하고 걸려서 좀처럼 앞으로 나아가지를 못했다. 잠들 수 없던 나는 그의 마지막 모습을 머릿속으로 골백번 되돌려 느린 화면으로 재생했다. 아무리 돌려보아도 그가 간직하고 있을지도 모를 미련의 흔적을 찾지 못하자 통증은 깊어져만 갔다. 식당에서 수저의 끝을 맞추어 내 쪽으로 가지런히 놓아준 것도, 빈 잔에 물을 여러 번 채워준 것도 차근차근 밟은 이별의 순서에 불과했다. 바래다주겠다는 말도 예전처럼 조금 더 함께 있고 싶어서가 아니라 허울 좋은 작별 인사일 뿐이었고…….

하는 수 없이 관계를 정리해야 했기에 그와 연결된 SNS 계정을 뚝 끊어버렸다. 화창한 봄날 함께 환하게 웃는 모습의 사진도 삭제해야 했다. 무수한 날들에 서로 주고받은 카톡 메시지도 지워야 했다. 그 순간의 설레고 뜨거운 감정들이 글자마다 절절히 남아 있는데, 눈을 꼭 감고 지워버리는 순간 자신의 일부가 깎여나가는 듯한 쓰라림에 눈물이 비처럼 쏟아져 내렸다.

목메어 오열하던 나는 '사람이 이렇게 울기만 해도 살 수 있을까? 죽지는 않을까?' 하고 내심 겁이 나곤 했다. 그렇게 보름이 지나자 '극도의 슬픔도 안구나 심장을 마르게 하지는 못하는가 보다'라고 생각했다. 마음은 고여 있는 웅덩이가 아니라 강이나 바다처럼 흐르고 채워지는 것에 가까우니까.

어느 날 밤 세수를 하고 로션을 바르다 거울 속 내 얼굴을 유심히 들여다봤다. 입꼬리를 쓱 올리자 양볼이 기계적으로 따라 올라가 미소가 그려졌는데, 피어나는 것이 아니라 빠져나가는 것에 가까운 시든 웃음이었다.

그 웃음 속에서 점점 선명해지는 장면 하나가 펼쳐졌다. 고개를 푹 숙인 채 서 있는 스물여섯의 침울한 내 모습을 만났다. 얼굴과 목에 핏대가 선 상사는 선 채로 마구 악을 썼다. 책상 위 모든 것을 끌어내릴 듯한 광폭함과 사무실을 통째로 흔드는 듯한 고함이 누군가를 우그러뜨릴 광풍처럼 세차게 터져 나왔다. 그 속에서 차마 드러내지는 못하고 덮어두었던 감정, 그저 "네" 하며 억지에 가까운 무미건조한 미소로 억눌렀던 분노가 거울 속 얼굴 어딘가에 배어 있었다.

시간을 더욱 거슬러 일곱 살 꼬마인 나의 모습도 마주했다. 양 갈래로 묶은 머리에 흰 체육복을 입고 책상 밑에 숨어 귀를 틀어막고 엉엉 울고 있었다. 쉽게 화를 내던 아빠는 납량 특집 영화에 등장하는 혼령만큼이나 나를 긴장하게 만드는 존재였다. "화내는 게 아니라 아빠 목소리가 커서 그래"라는 엄마의 말도 내 울음을 뚝 그치게 하지는 못했다. 반찬 투정을 부리다가도 아빠의 눈치를 살핀 나는 그저 말 잘 듣는 아이가 되기로 했고, 굳은 미소 속에 뭉친 밥알을 꾹꾹 눌러 삼켰다. 그날 밤 나는 헤어진 그에게 하지 못한 말을 적었다.

"너는 좀처럼 허물어지지 않은 벽처럼 견고했어."

"내 미소가 시들어갈 때 너를 진작에 보냈어야 했어."

"바람이 나를 마구 흔든다. 우수수 떨어지는 잎으로 너를 보낼게. 이 계절은 모든 것을 털어내게 하니까."

이별 뒤에는 혼자 걷는 시간이 많았다. 사방이 탁 트인 곳을 걸으면 가슴 속에 얽히고설킨 실타래 같은 감정들이 서서히 풀리면서 허공 속으로 날아갔다. 그래서 널찍한 광화문 사거리를 좋아했다. 청계천을 지나 그와 함께 걸었던 덕수궁 돌담길은 2월에도 따스했다. 혼자 걷는 길이 외롭지 않은 건 돌담 아래 고개를 치켜든 노란 눈망울과 눈이 마주쳐서였다.

마거리트는 실처럼 가녀린 몸을 꼿꼿이 내민 채 나를 바라봤다. 하얀 웃음이 바람에 한들한들 퍼져 나가자 작고 노란 눈동자가 또랑또랑한 햇살처럼 거리에 반작였다. 그 천진난만한 눈빛을 한참 바라보자 얼굴에는 엷은 미소가 스몄다. 오랜 기간 지워지고 잃어버린 미소가.

마거리트　마거리트 *Marguerite*는 그리스어로 '진주'를 의미한다. 꽃 시장에서는 주로 '마가렛'으로 불리는 여러해살이 화초다. 작은 노랑 꽃이 촘촘히 피어 동그랗게 모인 부분은 디스크플라워, 주위를 감싸는 흰색의 꽃들은 레이플라워로 일컫는다. 우리나라 기후에서는 봄부터 여름까지 꽃이 핀다.

개나리

꽃망울이 잔인하게 곱다
시린 봄에 떠난 청춘아
그곳의 봄도 노랗게 오겠지

J에게

:

그날 바람은 으스스 불어댔다. 새해가 되자 막연한 설렘이 아지랑이처럼 아물아물 피어오르다가도 볼을 할퀴는 찬바람에 금세 움츠러졌다. 한국에 온 지는 2년 가까이 흘렀고 서른넷의 그해 작정이라도 한 사람처럼 일에 온갖 힘을 쏟아부었다. 창립을 앞둔 회사에서 일하기 시작했는데, 화장실 벽지까지 풀칠하느라 하루가 빠듯했다. 바깥 풍경은 여느 날과 다름이 없었다. 2월의 매서운 바람에 나무들은 헐벗은 채 다가오는 계절을 기다리고 있었다.

연락이 온 건 늦은 오후 야단스러운 작업이 끝나고 바닥에 떨어진 꽃들을 서둘러 쓸고 있을 때였다. 경쾌한 음악 소리에 전화를 놓칠 뻔하다 가까스로 받자 친구의 목소리가 들려왔다.

"안 좋은 소식이 있어……."

빗자루질을 멈춘 채 허리를 펴고 가만히 서 있었다.

"무슨 일인데?"

"……."

친구는 말을 머뭇거렸다. 어리둥절하면서도 마음에는 희미한 두려움이 연기처럼 올라왔다.

"J가 새벽에 하늘나라로 갔대."

죽음이라는 글자가 바람에 실린 모래알처럼 가볍게 다가왔다. 심장은 오랜 기간 방치한 빵처럼 딱딱했고 안구가 건조한 탓인지 눈물이 찔끔 나오다 말았다. J가 왜 떠났는지, 왜 그래야 했는지 정확히 알지는 못했다. 그도 그럴 것이 우리는 4년 가까이 연락을 주고받지 않은 채 분리된 삶을 살았으니까. 단절된 시간 동안 J가 겪었던 일과 고통 같은 건 가위로 잘라내듯 삭제된 채 그녀가 죽었다는 사실만 내 앞에 덩그러니 남겨졌다. 멍하니 있다가 하던 일을 주섬주섬 끝내고 회사를 나가버렸다.

방에 누웠지만 몇 번의 뒤척임에도 좀처럼 잠이 오지 않았다. 눈을 떴다 감았다 할 때마다 J에 대한 기억이 수명을 다한 형광등처럼 깜박거렸다. 대학 시절 매일 학교 식당에서 같이 밥을 먹고, 금요일 밤이면 학교 후문 후비진 골목의 술집에서 함께 울고불고하던 친구. J는 가끔 뾰로통한 얼굴로 툴툴거렸는데, 그 표정은 무언가를 있는 그대로 드러내는 거울처럼 꾸밈이 없고 투명했다. 마지막으로 J를 본 건 서른의 해 내가 유학길에 오르기 전 모임에서였다. 그날 J는 무언가에 잠긴 사람처럼 무표정했고 말수가 적었다. 우울을 뒤집어쓴 얼굴은 와자하게 웃고 떠드는 무리의 대화 속에서 묻혀버렸다. 귀국 뒤 친구에게 이따금 J의 안부를 물을 때면 그녀에게 연락해도 잘 만나려 하지 않는다고 했다. 순간 마지막 보았던 생기 없는 J의 얼굴이 떠오르기는 했지만 대수롭지 않게 넘겼다.

'뭐, 회사 생활이 힘들었나 보다. 그러다 나아지겠지.'

그때 나는 아무도 모르게 J를 밀어내고 있었다. 그녀가 혼자 앓고 있는 슬픔이 무엇인지 더는 궁금해하지 않기로 했다. 그 우울한 그늘이 일상을 버티던 나에게까지 드리울 것 같아 그녀를 멀리 두었다. 우리가 멀어진 시간 동안 J는 어떤 모습으로 살았을까. 나는 누운 채 천장 한편에 그녀의 모습을 그려나가기 시작했다. 하나로 묶은 머리, 뿔테 안경, 쌍꺼풀이 없는 눈, 동그란 코, 가느다란 입술……. 선명하게 떠오르는 J의 얼굴은 생생하게 살아 움직였다. 말을 하다가 습관적으로 눈을 깜박거렸고 막힌 코를 연신 킁킁거렸다. 그러다 "우씨" 하며 입을 삐죽거리기까지 했다.

이튿날 일을 마치고 장례식장으로 향했다. 저녁의 전철은 여느 때처럼 꾸벅꾸벅 달게 졸거나 휴대전화 액정만큼이나 얄팍하고 단편적인 이야기에 무료함을 달래는 이들로 붐볐다. 하루의 무거움을 잠시 내려놓는 건 간단한 일인지도 몰랐다. 빈자리에 덥석 앉거나, 눈을 감거나, 손으로 키패드를 누르거나, 귀에 무엇을 꽂거나. 그렇다면 J는 저 간단한 동작 하나도 할 수 없을 만큼 어딘가에 꽁꽁 묶여 있었던 것일까. 기대거나 붙잡을 손잡이 하나 없는, 아무것도 없는 곳에 혼자 갇혀 있었던 게 아닐까.

얼마 지나 열차는 J와 숱하게 지나갔던 학교 앞 동대입구역에 이르렀다. 문이 열리자 앳된 얼굴들이 밀려오듯 들어왔다. 그 시절의 우리가 그랬듯 옅은 화장의 뽀얀 얼굴과 통통하고 발그레한 볼, 찰랑거리는 뒷모습이 열차 안을 산뜻하게 채웠고 키득키득 나누었던 대화도 어디선가 흘러나왔다.

"어제 잠 못 잤어? 너 수업 때 졸더라."

"존 게 아니라 고개를 좀 수그렸을 뿐이라니까."

J는 언젠가 차 안에서 깊숙이 묻어둔 이야기를 꺼냈는데, 어릴 때 통통한 체형 때문에 놀림을 받았다고 했다. 오늘은 강의장 뒤편에서 누군가 자신의 뒷모습을 보고 웃었다며 단정하듯 말했다. 알면 알수

록 많은 상처 자국을 드러내는 J가 답답해지자 나는 그녀를 다그치기 시작했다.

"야, 이제 제발 좀 잊어버려. 그 얘기를 왜 지금까지 담고 살아!"

좀처럼 잊히지 않는, 혼자서는 어찌할 수 없어 꺼내놓은 상처를 그만 잊으라며 볼멘소리로 말했다. 누군가의 시시콜콜한 상처는 털어내고 버리면 되는 일종의 폐기물이라고 생각했으니까. 그런 내 마음에는 보듬는 손의 온기는 없고 자나 칼처럼 재단하고 선을 긋고 자르는 날카로움만 곤두서 있을 뿐이었다.

열차는 구파발 종점에 가까워질수록 한산해져 갔다. 창밖으로 뾰족하게 치솟은 산들이 어둑어둑해지더니 새까만 터널을 지나가는 것처럼 사방이 캄캄한 밤이 되었다. 그럴수록 열차 안은 무언가를 드러내기라도 하듯 더 환해졌고 찜찜한 기분에 목덜미를 만지자 언젠가 친구가 지나가듯 한 이야기가 떠올랐다.

몇 년 전 J는 지하철에서 누군가에게 성추행을 당했는데, 그 뒤 아버지가 운전하시는 택시를 타고 출퇴근을 해야 할 만큼 심약해져 갔다. 붐비는 거리 속에 한 발자국도 내딛지 못할 만큼. 그러다 무슨 일이 있었는지 회사 생활을 할 수 없을 정도로 힘들어져 집에만 머물러야 했다. 그녀는 방에서 혼자 앓았지만 주위에서는 그 아픔을 적당히 내버려두다 묻어두려 했던 게 아닐까. 가족도, 친구인 나도, 그녀 자신도…… 침묵했다. 침묵은 관심을 잠가버렸고 갇힌 외로움은 아래로 곪아갔다. 사건이 희미해질수록 상처는 선명해졌다.

장례식장에 들어서자 영정 사진 속 J는 이를 드러내며 웃고 있었다. 눈이 시릴 만큼 밝은 웃음이었다.

"미안해……."

짧은 말조차 전할 수 없을 만큼 그녀는 이미 멀리 가버렸다. 버틸 수 없을 만큼 무거웠겠지. 얼마나 무거웠으면 이렇게 놓아버려야 했을까. 보듬어주지 못한 상처가 마음에 남아 죄인처럼 무릎을 꿇고 용서를 빌었다.

철없는 꼬마의 무심한 말에, 얼굴 없는 이의 음흉한 손짓에 꽃 하나가 피지도 못하고 고개가 꺾여버렸다. 한번 부르짖지도 못하고 조용히 거둔 숨 앞에서 용서를 구한들 무슨 소용이 있을까……. 사진 속의 얼굴이 맑아서, 그곳에 있기에는 너무나 어려서 눈물이 흘렀다.

꽃이 피는 봄이 오기 전 그녀는 겨울바람처럼 가버렸다. 아무렇지 않은 듯 무심히 피어나는 계절이 그녀에게는 잔인할 만큼 화사했을지도. 오랜만에 들추어본 두꺼운 앨범의 한편에는 J와 함께 찍은 사진 한 장이 고스란히 남아 있었다. 교정 내 흐드러진 노란 개나리 앞에서 남긴 풋풋한 사진이었다. 자세히 보니 우리는 만개한 꽃이 달린 개나리 한 줄기를 귀에다 꽂은 채 방긋 웃음을 터뜨렸다.

'스무 살의 봄은 이렇게 환했구나.'

바보처럼 착해서 다 짊어지고 떠난 친구가 가여워 작고 동그란 얼굴을 어루만졌다.

'J, 미안해. 그곳에선 아프지 마······.'

개나리　담벼락에 노란 얼굴을 내미는 개나리는 봄을 알리는 반가운 신호이자 '좋은 일이 오고 있다'라는 긍정의 의미를 담은 꽃이다. 이른 봄에 노란 꽃이 핀 뒤 잎이 마주 나며 9월에 열매를 맺는다. 보통 2~3미터 높이의 관목이며 우리나라 특산종이다.

수국

시간의 열매가
송이송이 맺힌 얼굴들
네 잎 클로버일까
나비일까

한 잎 떼어
'후' 하고 부니
날고 날아서
살살살 보듬듯이 내려앉았네
계절 잃은 외딴 마음에까지

청소하려고 유학 갔니?

:

　　남자 화장실로 터벅터벅 올라간 건 아침 일곱 시가 조금 넘은 토요일이었다. 지하 연회장을 정리하고 건물 현관으로 올라가는데, 바람이 '휘' 하며 목덜미 속으로 파고들었다. 화장실 문을 열자 거울 속에는 ─ 화장을 했음에도 ─ 핏기 없는 내 얼굴이 보였다. 팔꿈치까지 오는 빨간 고무장갑을 낀 채 뚫어뻥과 쓰레기봉투를 한 손에 쥐었다. 다른 손에는 살균 소독제와 걸레 같은 자질구레한 청소 도구를 담은 통을 들고 있었다.

　　눈을 찡그리며 하품을 하던 나는 '이 하루에 대한 보상이라는 게 있을까?' 하고 생각했다. 쌓인 휴지와 발자국이 넘치고 지린내로 꽉 찬 화장실에서 시작하는 고단한 아침에 대한 보상. 알 수 없는 곤란한 감정이 세제 거품처럼 일었다. 스스로 던진 질문에 대해 마땅한 답이 떠오르지 않았다. 그건 여러 번 채워가며 먹을 수 있는 연회장 뷔페와 월급, 뭉친 근육을 녹이는 듯한 목욕으로도 해소될 수 없는 막막함이었다.

유학을 마치고 아카데미 강사로 일하던 나는 학교 선배가 스몰 웨딩 사업을 시작하면서 그곳의 창립 직원으로 일을 시작했다. 처음에는 영국에서의 경험을 인정받아 호텔리어로 입사할까 고민하다 마음을 돌렸다. 예민한 고객에게 시달리는 매니저의 한숨을 보자 속이 울렁거렸고, 그보다는 새로운 무언가를 시작해서 일구고 싶은 비전이나 포부가 파도처럼 일었다. 그건 검증되고 측량된 것보다 측량할 수 없는 것에 마음이 달아오르는 내 본연의 모습이었다. 덜컥 적금을 깨고 유학을 준비한 서른의 당찬 의지와 같은 맥락이었다. 조금 더 거슬러 올라가면 부당 해고에 대항해 다짜고짜 직원 동의서부터 썼던 20대의 열띤 얼굴과도 같았다.

적은 인원으로 시작하는 신생 회사에서는 한 명이 여러 가지 업무를 짊어질 수밖에 없었다. 한마디로 이쪽저쪽 달리는 멀티플레이어인 셈이었다. 결혼식을 위한 꽃을 꽂던 나는 목장갑을 썼다 벗었다 하면서 회사로 걸려온 전화를 받았다. 그러다 누군가 호기심 가득한 눈으로 예약 없이 찾아오면 앞치마를 후다닥 벗고 상담을 했는데, 그럴 때마다 옷차림이 난감했다.

영업이라는 게 일종의 최면이나 마술 쇼 같은 부분이 있어서 영업 사원이 풍기는 순간의 이미지로 상대를 서서히 매료시키는 게 아닌가. 그래서 세일즈맨은 머리에 한껏 힘을 주고, 향수도 뿌리고 자동차보다 비싼 시계도 차는 것이고. 펑퍼짐한 티셔츠를 입은 나는 옷의 먼지를 탁탁 털었다. 그리고 사무실에 둔 검정 재킷 하나를 휙 걸치고 상담을 시작했다. 그렇다 해도 가려지지 않는 게 늘 있었다. 단정하게 묶었지만 키보다 큰 기물을 나르다 삐져나온 머리카락, 백합의 수술에 누렇게 물든 손, 깜박이는 눈과 눈 사이에 푹 패인 안경 자국, 그런 육체노동의 흔적은 좀처럼 가려지지 않았다. 순간을 감출 수는 있어도 삶을 감출 수는 없으니까. 결혼식을 한바탕 치르고 난 뒤에는 하객들이 남긴 접시를 수거하고 빈 병을 날랐다. 여러 개의 공을 저글링하는 나날에는 평일과 주말의 구분이나 계절의 변화 없이 연속되는 하루만 쉴 새 없이 돌아가는 기계의 체인처럼 줄줄이 이어졌다.

화장실 칸마다 있는 휴지통을 기울여 쓰레기봉투에 대고 탈탈 털었다. 금세 빵빵해진 봉투는 발로 꾹꾹 눌러서 여유 공간을 만들어야 했다. 그래야 모든 휴지와 누군가 몰래 ― 국물까지 그대로 ― 두고 간 플라스틱 용기까지 담을 수 있었다. 짐 보따리에 가까운 쓰레기봉투를 낑낑거리며 들어 나를 때면 삶이 이토록 무거운 것이라고 느꼈다. 체념할 수밖에 없을 만큼 무거운 것이라고…….

'시간이 유유히 나아간다고 느낀 적이 있었나. 늘 짧아지는 것에 가깝지 않았나.'

서른 중반의 시간은 낱장의 휴지와도 같았다. 끊기고 찢기고 꽉 눌려 있었다. 하나의 완성된 결실이라는 건 보이지 않았다. 뜯어 쓰는 휴지처럼 소모되는, 조각조각의 하루만 수두룩하게 쌓여갈 뿐이었다. 서러움이 솟구치자 눈물이 핑 돌았다. 그러다 입구 쪽에서 발걸음 소리가 저벅저벅 들리자 칸의 문을 걸어 잠그고 가만히 있었다. 무단 침입이라도 한 사람처럼 숨을 죽이다 수도꼭지의 물방울처럼 눈물이 '똑' 하고 떨어졌다.

'너 청소하려고 유학 갔니? 이거 하려고 돈 쓰고 시간 쓰면서 거기까지 갔어?'

이런 질문을 한 건 야근한 딸을 염려하는 엄마도, 푸념을 들어주는 친구 M도 아니었다. 자꾸만 스스로 걸어온 시간을 부정하게 되는 나 자신이었다. 밖에서 물 내려가는 소리가 한바탕 들리더니 연이어 칫솔 문지르는 소리가 들려왔다. 머뭇거리다 변기에 털썩 앉아 속으로 중얼거렸다.

"사는 게 이렇게 흘러왔어. 노력하지 않은 것도 아닌데, 자다가 눈을 뜨니 비가 오는 것처럼 아무리 사랑해도 이별하게 되는 것처럼 그냥 그렇게 되어버렸어."

푸념이 잇따라 나올 때 쭈글쭈글 구겨진 낙엽 하나가 미풍에 날렸는지 문틈으로 굴러 들어와 타일 바닥에 '쓰윽' 미끄러졌다. 두툼한 발 앞에 떨어진 낙엽을 멀거니 바라봤다. 남자 화장실에 들어앉아 있는 여자나 낙엽이나 여기까지 떠밀려온 건 마찬가지 아닌가. 몸을 엎치락뒤치락 뒤집으며 거리를 나뒹굴었을 낙엽이 어쩌다 여기까지 왔을까. 이 모습을 불행이라 말할 수 있을까. 생의 절정에 달한 듯 붉게 물든 잎들이 '휘휘' 요동치는 광경은 쓸쓸하다기보다 가을의 가장 동적인 모습일지도……. 서서히 변화하는 계절의 생생한 단면이거나 새로운 무언가가 다가올 때 느껴지는 진동, 옛것이 지나갈 때의 꿈틀거림 같은 것. 그렇다면 푸념에 빠져 코를 훌쩍거릴 이유도 없지 않은가. 스스로 다독이자 축 가라앉은 마음이 서서히 보송보송해졌다.

여덟 시에 오기로 했던 일일 아르바이트생들은 영하의 날씨 탓인지 연락이 두절된 채 모두 결근을 해버렸다. "으악" 하는 괴성이 건

물을 무너뜨릴 정도로 울려 퍼질 것 같았지만 곧 가라앉았다. 계단을 허우적거리며 쓸고 닦는데, 햇살이 계단을 총총 미끄러지듯 타고 내려와 등 위에 걸터앉았다. 달아오른 얼굴에는 땀이 잘게 맺혔다. 고개를 드니 여느 날과 다름없는 쾌청하고 조용한 아침이 다가와 있었다. 아무 일 없었다는 듯이.

모든 일정이 다 끝나고 밤이 되자 물에 빠진 사람처럼 몸이 무거웠다. 나를 지치게 한 건 고무신 밑창이 떨어졌다며 붙여달라는 혼주, 연회장에는 없는 인스턴트커피를 고집하는 하객처럼 사소한 일들이었다. 나를 위로하는 것도 그처럼 작은 것이었다. 텅 빈 탁자에 한쪽 팔을 미끄러지듯 뻗고는 힘없이 엎드려 흐리멍덩한 눈으로 수국을 바라봤다. 아기의 보들보들한 머리를 만지듯 그 동그란 얼굴을 살살 쓰다듬었다. 그러다 나비처럼 생긴 꽃잎 하나를 똑 따다가 손바닥 위에 올렸고 입으로 불었다. '후……', 엷은 꽃잎이 파르르 날기 시작했다. 날고 날아서 살살살 보듬듯 내려앉았다. 계절을 잃었던 외딴 마음에. 스르르 잠이 들었다.

수국　수국 *Hydrangea*은 그리스어의 '물 *hydro*'과 '용기 *angeion*'의 합성어다. 물을 매우 좋아하는 식물이라 뿌리는 물론 꽃잎으로도 수분을 흡수한다. 주로 6, 7월에 개화해 한여름 내내 꽃을 피우며 토양에 따라 색깔이 변하는 매력이 있다. 산성이 강한 흙에서는 파란 꽃이 피고 알칼리가 강한 흙에서는 분홍 꽃이 핀다.

잡초

알면 알수록
우리의 삶은
얼마나 뿌리내리기 힘든가

그래도 네가 있어서
세상은 더욱 푸르지

너처럼 살아야지
새잎을 내딛는 하루로
단단히 묻은 심지로
꺾여도 꺾이지 않는
희망으로

미수금

:

　"돈 들어왔어요?"

　"아니, 아직. 임대료도 곧 내야 하는데."

　미풍에 맥없이 흔들리는 나뭇잎처럼 사장은 고개를 저었다. 입금 날짜가 훌쩍 지났고 더 기다리다가는 회사가 휘청거릴 수 있다는 위기감이 고조됐다. 그달의 매출로 한 달을 버티는 작은 신생 기업에서 미수금은 독처럼 치명적이었다. 볼펜 끝으로 책상을 콕콕 치다가 전화를 걸었다. 닦달이나 채근이 익숙지 않아 긴장을 했는지 음음하며 목을 가다듬었고 시합이라도 나가는 사람처럼 어깨를 펴고 허리도 뻣뻣하게 세웠다.

　"저 김 실장입니다."

　실장이라는 직책은 부서의 우두머리여서가 아니라 회사의 유일한 직원이기에 붙여졌다. 사장 밑에 바로 사원이 있으면 무언가 뻥뚫린 것처럼 엉성해 보이니까. 실장이라고 해야 나름의 체계가 있는 것 같고 업체를 상대하기도 수월하니까.

"입금이 아직도 안 돼서 전화 드렸습니다. 지금까지 두 번이나 연기됐는데요."

고객사의 '실장'은 기다렸다는 듯 의기양양하게 오라는 말만 내뱉고 전화를 끊어버렸다. 사과는커녕 통보처럼 들리는 답변이 의아했다. 전철을 몇 번 갈아타고 고객사로 향했다. 그곳은 여러 개의 지점을 운영하는 파티하우스 브랜드였는데, 정문을 코앞에 두고 올려다보면 끝이 보이지 않는 고층 빌딩 안에 있었다.

응접실에 들어서니 백열전등 아래 냉랭하게 굳은 얼굴이 보였다. 검정 유니폼 차림의 그녀가 실장인 듯했다. 짧은 칼머리는 세련되면서도 단호한 인상을 풍겼고 입술은 무언가를 압도할 만큼 빈틈없이 빨갛고 두꺼웠다. 쭈뼛쭈뼛 인사를 하고 앉자 그녀가 입을 열었다.

"이번 연회장 장식은 부사장님 기대에 매우 못 미쳤어요. 그나저나 전체 금액이 얼마였죠?"

예감은 빗나가지 않았다. 일한 지 한 달 만에 돌아온 건 정상 금액을 못 주겠다는 통보뿐이었다. 처음에는 일주일 뒤에 주겠다고 했다가 다시 슬금슬금 뒤로 밀렸고 결국에는 '주겠다'가 '못 주겠다'로 은근슬쩍 글자 하나가 덧붙여졌다.

'아직 아니야. 일단 듣자. 참아, 참아.'

탁자에 놓인 물 한 잔을 마시며 차오르는 분함을 꿀꺽 삭혀 내려 버렸다.

"제가 작업할 때 총괄하는 이사님이 나오셔서 관리, 감독까지 직접 다 하셨잖아요. 견적서도 미리 보내드렸는데, 그걸로 내부 승인을 받았다 하셨고요. 이제 와서 어느 부분이 마음에 안 드신다는 건가요?"

능청스럽게 순진한 눈을 하고 그녀를 쳐다봤다.

"전반적으로요."

당황했는지 식은땀이 났고, 그런 가운데 어디선가 힘이 불끈 솟구쳤다. 이를테면 구석에 몰려 꼼짝달싹할 수 없는 절체절명의 위기에서 튀어나오는 괴력이 뻣뻣해진 목덜미를 지나 정수리 끝까지 올라왔다. 그녀는 금액을 쓱싹 손대려는지 최종 견적서가 몇 군데의 연회장 장식을 포함하는 건지 물었다. 그것도 모르면서 무턱대고 금액을 낮추려는 것을 보니 윗선의 지시를 받은 게 분명했다.

"아니 이런 막무가내가 어딨습니까? 일이 종료된 상황에 금액 조정이라뇨. 그것도 한 달이나 지나서요. 불가능한 요구라는 거 잘 아시잖아요."

언성을 높이며 나름의 강한 스매싱을 날리자 부사장이 마음에 안 든다고 하는데 어쩌겠냐며 펄쩍 뛰는 반응이 돌아왔다. 대화는 맞받아치는 탁구공처럼 테이블 위를 열띠게 오갈 뿐 누구도 딱히 매치 포인트를 내지 못했다. 좀처럼 끝나지 않는 언쟁에 기진맥진해지자 몸이 푹 꺼져 갔다. 허무 가득한 한숨만이 썰렁한 테이블 위로 흘러나왔다.

무슨 묘책이라도 있을까 싶어 주변을 둘러봤다. 기름때가 시커멓게 찌든 조화 벚꽃이 천장에 매달려 있고 먼지가 누렇게 쌓인 수국이 군데군데 보였다. 징글징글하게 닳고 퇴색한 것들이 아무렇지 않게 숨통을 조이자 무작정 나가고 싶은 충동이 일었다.

"귀퉁이에 덩굴 장식 살짝 해드릴게요. 포토존 나무 액자가 썰렁하니 흰 장미로 약간 덧붙이고요. 그렇게 정리하시죠."

그녀는 덤으로 무언가를 얻자 최소한 손해는 아니라는 생각이 들었는지 고개를 끄덕였다. 그녀의 억지는 그만큼 가벼웠다. 얼마 되지도 않는 몇 줄기 덩굴이나 한 움큼의 싸구려 가짜 장미로 해결될 만큼.

건물 밖으로 나오자 얼굴을 덮어씌우는 듯한 더운 공기에 숨이 턱

막혔다. 어느새 여섯 시가 가까워졌고 일할 의욕이 나지 않아 곧장 집으로 향했다. 전철의 창밖에는 노을이 스며든 불그스레하고 푸르스름한 한강이 부드러운 실크처럼 반작거렸다. 부딪히고 패인 하루를 찰랑찰랑 매만지는 듯한 광경이 가슴에 은은하게 흘러들어 왔다.

전철에서 내려 터벅터벅 집으로 향했다. 보도와 차도 사이에는 허리 높이의 은색 울타리가 길게 늘어서 있었는데, "공무 수행"이라고 새겨진 모자를 쓴 이들이 그 아래 쭈그리고 앉아서 무언가에 열중하고 있었다.

"툭툭."

호미로 땅을 치는 소리가 길가 곳곳에 울렸다. 흙 틈이라고도 할 수 없는 먼지만 가득한 바닥의 틈을 따라 무성하게 자란 잡초를 제거하는 소리였다. 거북이 등처럼 갈라진, 균열만 가득한 보도 위로 잡초 시체들이 더미처럼 쌓여갔다. 아무리 애쓴다 해도 얼마나 뿌리 내리기 어려운 세상인가. 쉽게 밟히고 눌리고 뽑히는 모습에 마음이 헛헛했다. 누군가와 공존하는 넉넉한 마음이 그리운 밤, 풀 한 포기조차 자랄 수 없는 보도는 그날따라 쓸쓸함을 자아냈다. 며칠 뒤 잡초는 다시 돋아나기 시작했다.

연꽃

진흙 속 곱다란 얼굴
물들지 않는 너는
고귀하구나

수도승처럼
올곧이 앉아
무엇을 바라보며 사니

물들지는 마

　　　　　　　:

　　그날 사무실에는 사장의 지인이 아침부터 와서 무언
가에 열중하고 있었다. 물컵이 널브러져 있는 응접실의 탁자를 치우
려는데, 그가 다가와 넌지시 말했다.

　"실장님, 오늘 부탁 좀 할게요. 이따 회의가 있는데, 좀 센 사람이
올 거예요. 알죠?"

　좀 센 사람이라. 얼마나 세길래 미리 귀띔까지 할까.

　"네, 알겠습니다" 하며 고개를 끄덕일 때 '네, 네, 하며 비위만 잘
맞추면 되는 피곤한 하루겠구나' 하고 체념 섞인 생각이 스쳤다.

　얼마 전 작은 사건이 있었기에 그의 부탁이 달갑지만은 않았다.
그날은 영하의 날씨였다. 회사 행사에 찾아오는 손님이 길을 헤맨다
는 전화에 외투를 걸치고 황황히 마중을 나갔다. 근처에서 이리저리
돌아다니고 있을 그녀에게 전화로 길을 안내했지만 미로 게임이라
도 하듯 서로 어긋나기 일쑤였다. 결국 그 지역의 랜드마크나 다름없

는 대로변의 대형 호텔 앞에서 만나기로 했다. 허겁지겁 뛰어가니 밍크 모자를 쓰고 롱코트를 입은 그녀가 잔뜩 부아가 치민 얼굴로 꼿꼿이 기다리고 있었다. 그리고는 다가오는 내게 다짜고짜 일갈했다.

"무슨 안내를 그렇게 해요! 이 근처를 몇 바퀴나 돌았는지 아냐고요!"

그녀 앞에서 나는 덜덜 떨 수밖에 없었다. 볼이 따가울 정도의 추위는 둘째 치고 몰매질 당한 사람처럼 강한 수치심이 뼛속까지 스몄다. 단지 운이 나빴다고 넘기기에는 스스로가 너무나 무너져 일을 할 수 없는 지경이었다. 결국 조퇴할 수밖에 없었고 질펀한 눈으로 전철을 탔다. 조금 이따 후회가 되었는지 그녀는 "감사합니다. 마중까지 나오셨는데" 하고 문자 메시지를 보냈지만 이미 쏟아진 눈물을 주워 담을 수 없는 것처럼 치받치는 울분은 가라앉지 않았다.

사장의 지인이 부탁한 지 얼마 지나지 않아 양복 차림의 남자 대여섯이 몰려왔는데, 유독 눈에 띄는 한 얼굴이 보였다. 양미간 사이에는 '내 천川'자가 찍은 듯 선명했고 바라보는 건지 째려보는 건지 헷갈릴 정도로 눈이 찢어진 사람이었다.

"안녕하세요. 음료 한잔 준비해드릴까요?"

"미지근한 물 한잔 주세요."

더운 기운만 약간 남아 있는 미적지근한 상태는 내게 익숙했다. 대학생 때 커피숍에서 아르바이트를 했기에 사람의 혀가 물의 온도에 얼마나 민감한지 잘 알았다. 특히 오늘처럼 날씨가 영하로 내려가는 날이면 커피가 금방 식어서 조금이라도 빨리 서빙을 해야 했다.

더 거슬러 올라가 나는 어릴 때부터 물의 온도에 예민하게 반응했는데, 초등학생 때는 겨울이면 가스레인지에 데운 물로 목욕을 하기도 했다. 엄마는 김이 펄펄 나는 물이 담긴 솥단지를 번쩍 들어서 고무 대야에 한가득 부었다. 그러면 엄마의 안경에는 뿌옇게 김이 서렸고 어린 나는 그것을 보고 "엄마, 눈" 하면서 킥킥댔다. 거기에 차가운 수돗물을 섞으면 적당한 온도가 되었고 미적지근하게 식기 전에 바가지로 끼얹으며 재빠르게 몸을 씻었다.

끓인 물을 유리컵에 반 정도 채우니 컵 안쪽에 수증기가 안개처럼 뿌옇게 서렸다. 그 위에 찬물을 붓고 휘휘 저어 그의 앞에 내놓았다. 자리로 돌아와 다시 일하려는데, 까랑까랑한 목소리가 나를 불렀다.

"여기요! 물이 너무 뜨거운데, 찬물 좀 다시 부어주세요."

"아, 네. 드시기에 뜨거운가 봅니다."

"이리 와서 컵 좀 한번 만져보세요!"

찬물을 한 바가지 끼얹는 듯한 그의 일갈에 마음이 쪼그라들었다.

사장의 지인은 "허허허" 하며 어색한 헛웃음만 지었고, 그 소리가 괴괴한 고요 속에서 묘하게 울렸다.

탕비실에 들어와 깊은숨을 내뱉었다. 마음에서 무언가가 뒤죽박죽 섞이더니 한마디로 뜨뜻미지근한 상태가 되어갔다. 온몸에 과열과 급냉각의 상태가 오락가락하자 감각을 잃었는지 찬 것과 더운 것을 구분하지 못하는 난감함에 빠졌다. 무슨 실험이라도 하는 사람처럼 부었다 쏟기를 몇 차례 반복하다 물잔을 가지고 나갔다. 곧이어 누군가 "밥부터 먹고 하시죠"라고 말하자 일행은 자리에서 슬렁슬렁 일어나 나가버렸다. 빈 탁자에는 한 모금도 마시지 않은 물잔이 울울하게 식어갔다.

속상한 기분이 가시지 않아 사장에게 푸념을 늘어놓자 그녀는 타이르듯 말했다.

"거기서 화내면 같은 사람 되는 거야. 그래도 정당 방어할 필요는 있지 않겠어? '분명 찬물을 섞었는데도 뜨거웠나 보네요'라고 한마디 할 수 있는 거 아니냐고."

어떤 이에게 세상은 자기 뜻대로 움직여야만 하는 장난감 세트 같은 것일지도. 그래서 하나라도 자기 뜻에서 어긋나면 분통을 터뜨려야 직성이 풀리는 것일까. 뱉어내는 감정은 불발탄 같아 뜻밖의 장소에서 뜻밖의 사람에게 '두두두두' 하고 터지기에 피하는 게 상책이었다.

퇴근 뒤 방 안에 모로 누워 심드렁하게 텔레비전을 보다가 삶을 관망케 하는 동물 다큐멘터리의 생생한 장면에 시선을 고정했다. 설정이나 연기가 없는, 말 그대로 날것에 가까운 동물의 모습이 인간의 천태만상보다 단순할 것 같기도 했다. 그 다큐멘터리에는 아프리카 사파리의 사자가 등장했다. 초원의 폭양 밑에 사자 한 마리가 늘어지게 누워 잠을 자는데, 파리와 모기떼가 와글거리며 달려들었다. 그러자 사자는 꼬리를 치켜들어 채찍처럼 '휙휙' 휘두르다 다시 몸을 퍼뜨리고 잠을 청했다. 그래도 끊임없이 윙윙대는 소리가 얼굴을 둘러싸자 사자는 몸을 긁적이더니 느직느직 걸어서 어느 나무 그늘 속에 몸을 담갔다.

사파리의 일상은 인간의 군상과 별반 차이가 없었다. 불필요한 것에 으르렁거리지 않고 슬렁슬렁 자리를 피하는 사자처럼 동물에게는 거침없이 물어뜯는 본능 외에도 나름의 생각이 존재하는 것 같았다. 포악한 사자도 힘을 쓸 때와 그러지 말아야 할 때를 구분하는 것을 보면.

그날 밤 방 안 달력의 연꽃 사진을 한참 들여다봤다. 그림의 한쪽 귀퉁이에는 "불여악구不與惡俱"라고 적혀 있었다. 연꽃은 진흙탕 속에서 피지만 꽃잎에 한 방울의 오물도 머무르지 않는다는 의미였다. 그러자 지난여름 동해 낙산사에서 본 연꽃이 떠올랐다. 작은 사찰들을 지나 바다를 굽어보는 의상대를 향해 굽이굽이 오르고 있었다. 산 중턱에 이르자 웅장한 보타전을 마주했고, 그 앞에는 널따란 연못에 연꽃들이 둥둥 떠다니는 광경이 펼쳐졌다.

처음 본 연꽃은 새하얗고 조금 큼지막한 것이 마치 백자처럼 단려한 기품을 지니고 있었다. 수면 위로 솟아 하늘을 바라보는 모습이 올곧게 앉은 수도승의 자태처럼 보였다. 연꽃 사이에는 부채만 한 연잎들이 있고, 그 사이로 황금빛 잉어 몇 마리가 노닐고 있었다. 바람이 불면 은은한 연꽃 향기가 연못 모서리의 작은 석탑들을 돌아 퍼져 나갔다. 그건 어딘가에 쉽게 물들지 않고, 그래서 고귀한 본연의 향이었다.

연꽃 　연못이나 논같이 물 빠짐이 좋지 않은 곳에서 재배되며 뿌리줄기가 굵고 옆으로 뻗어간다. 고려 시대의 연꽃 씨앗이 2009년 경상남도 함안군에서 발견됐다. 약 700년간 땅속에 묻혀 있었음에도 발아에 성공해 꽃을 피울 만큼 생명력이 매우 강하다. 7~8월경에 물속에서 나온 긴 꽃자루 끝에 꽃이 핀다.

강아지풀

무엇을 품었길래
등이 그리 고부라졌니

네가 고개를 떨굴 때면
한여름의 땀이
방울방울
차오르는 소리가 들려

작지만 단단하게 여무는
무수한 삶들 앞에서
나도 너처럼 겸손해져야지

납작한 지갑

:

　　서울고속버스터미널의 여행객들은 아침 공기만큼이나 상쾌한 모습이었다. 회전문을 밀 때 일렁이는 알록달록한 스카프나 가벼운 발걸음이 그랬다. 동동 굴러가는 여행용 가방의 바퀴 소리가 그랬고 연인들의 웃음소리가 그랬다.

　　그곳에서 나는 여행의 달뜬 분위기와는 분리된 아침을 맞이했다. 낡은 터미널 바닥에 들러붙은 껌처럼 오랜 기간의 피로가 남은 얼굴에는 누런 얼룩이 생겼다. 산뜻함이라고는 찾아볼 수 없는 주말을 보내고 있다는 건 옷차림에서도 드러났다. 뭐가 묻어도 티가 나지 않고 실용만이 강조된 칙칙한 점퍼에 구김 있는 운동화를 신었으니까.

　　본래 외모에 무관심한 건 아니었다. 20대 때만 해도 출근 전 거울 앞에서 꽤 오랜 시간 공들여 화장을 덧칠했다. 그러다 '살기'보다 '살아내기'에 가까운 유학 뒤 생계유지에 매달리면서 외모를 가꿀 여유가 없었다. 새벽 장보기, 꽃 다듬기, 청소하기, 기물 나르기 등 육체를 쓰면서 하루를 보냈고, 나뭇가지에 걸리는 치렁치렁한 귀걸이나 땀에 지워지는 화장은 성가실 뿐이었다.

꽃을 사려면 현금이 필요했기에 구석의 현금 지급기로 휘적휘적 걸어갔다. 터미널 3층의 꽃 상가는 전통 시장의 분위기가 풍기는 곳이었다. 좁은 골목마다 다닥다닥 붙어 있는 가게들은 꽃을 매대에 소복이 쌓아두거나 물이 담긴 고무 통에 담아서 팔았다. "떨이, 떨이. 어이, 장미 안 필요해요?" 하는 소리가 잠을 깨우듯 들렸다. 가끔은 걸걸한 언쟁이 일기도 했지만 나는 그곳의 구수한 분위기를 좋아했다. 뭐랄까, 와자지껄하고 현금이 짤짤대는 재래식 운영이 상가에 배인 꽃향기와 신문지 냄새, 시큼한 땀내와 어울렸다.

현금 지급기 앞에 줄을 서고 얼마 지나지 않아 내 차례가 왔다. 은행 카드를 넣고 출금 버튼을 눌렀더니 기기에서 쓰윽쓰윽 바닥 긁는 소리가 났다. 그러다 메시지가 떴다.

"계좌에 잔액이 없습니다."

며칠 전까지만 해도 100만 원 남짓 있었는데……. 우물쭈물하는 사이에 뒤에서 부스럭거리는 소리가 들리자 자리를 비켰다. 납작한 지갑에는 교통 카드와 동전 몇 개가 전부였다. 불안함에 바지 주머니를 뒤지니 천 원짜리 두 장이 구겨진 채로 잡힐 뿐이었다. 어디 가서 커피 한 잔 사 먹을 돈도 없자 할 수 없이 회사에 전화를 걸었다.

"저, 꽃을 사야 하는데, 돈이 떨어졌어요."

사장은 일단 기다리라고 했다. 보통은 개인 현금으로 물건을 사고 여러 건을 모아 회사에 청구했지만 빈털터리가 되자 입금이 될 때까지 기다릴 수밖에 없었다.

오가는 인파 속에서 하릴없이 멀뚱히 서 있다가 주변을 둘러봤다. 맞은편에는 〈라면 먹을래 국수 먹을래〉 하는 큰 간판이 보였는데, 양자택일의 질문 앞에서 아무것도 선택할 수 없는 내 자신이 작아 보였다. 그러자 배가 고프지도 않으면서 뭐라도 입어 넣고 싶었다. 두리번거리다 매점에서 가격 대비 부피가 두툼한 빵을 샀다. 서서 먹을 수는 없으니까 터미널 대합실에 앉아 우적우적 씹는데, 왜 그런지 얼굴이 달아올라 주변을 볼 수 없었다. 씹으면 씹을수록 맛은 잘 모르겠고 떠올리고 싶지 않은 생각만 자꾸 떠올랐다.

왜 통장에 돈이 없을까……. 옷도 사지 않고 도시락 싸서 출근하는데. 허탈하고 초라했다. 콩알만 한 월급을 쪼개 부은 깨알 적금과 보험, 기본 생활비를 빼면 한 달을 버티기가 빠듯했다. 최소한의 것만 유지하는 건 사람을 건조시키는 일이었다. 입술이나 발바닥의 각질처럼 바싹 메말라버리게 했다. 어떠한 설렘이나 사랑의 감정을 느낄 수도 없이 그럴 기회조차 말라 비틀어져버렸다.

얼마 전의 일이 머릿속에 그려졌다. 지인의 소개로 점심 식사를 한두 번 같이한 남자가 있었다. 얼마 뒤 지인이 그의 사촌 누나를 만났는데, 그녀가 대뜸 나에 관해 물었다고 했다.

"아니 사실은 우리 조카가 해외로 박사 학위를 받으러 가는데, 그 아가씨는 어느 선까지 지원 가능해? 외국에 살 집 정도는 마련해줄 수 있는 거야? 아니면 학비 정도라도?"

사랑이 경매 같은 일종의 거래라는 생각에 씁쓸함이 몰려왔다. '아, 이제는 사랑이 꽃이 피듯 더는 자연적으로 움틀 수 없고 수학적 계산이 먼저 이루어져야 하는구나' 하고 생각하면서도 의문이 들었다. 그런 산술을 거친 사랑이라면 무구하고 손해가 없이 안전한 건가 하고……

먹는다기보다 찢어 삼키는 것에 가까운 흡입이 끝나갈 즈음 휴대 전화가 울렸다. 입금 처리가 되었다는 연락에 현금을 찾아 꽃 상가로 올라갔다. 시장 골목을 한참 지나다니는데, 형형색색의 꽃 사이로 누렇게 뜬 상인의 얼굴이 노란 국화처럼 익어 보였다. 아예 신발을 벗고 가게 한쪽에 누워 드르렁거리며 달게 자는 이도 있었다.

그날은 싱싱한 꽃보다 다른 것들이 눈에 들어왔다. 상인의 주름살, 충혈된 눈, 한쪽에 비스듬하게 쌓인 백반 그릇, 인스턴트커피 향, 누런 잎을 떼는 손 같은 것들이 꽃향기보다 진하게 와닿았다. 꽃의 싱그러운 생기와는 별개로 아침은 중량감을 지닌 무거운 것일지도. 주말이지만 깜깜한 새벽에 억지로 눈을 떠야 하고, 가게 셔터를 올려야 하고, 낙담할 만큼 무거운 물통을 들어야 하고, 육중한 부피의 꽃을 어깨에 짊어져야 했으니까.

"아이고, 아침부터 꽃향기가 좋구먼. 으흐흐."

꽃을 한가득 끌어안고 택시를 타자 기사가 반기는 듯 말했다. 거울에 비친 그의 얼굴은 달덩이처럼 동그랗고 밝았다. 창밖에는 하늘을 향해 길게 뻗은 가로수가 펼쳐져 있고 이파리 사이로 황금빛이 퍼져 물결처럼 출렁거렸다.

"이제는 가을인지 시원하네요. 좋지요?"

그의 말에 고개를 끄덕였다. 차창으로 솔솔 들어오는 바람보다 그의 호쾌한 목소리가 더 시원하게 다가왔다.

"그나저나 경기가 좀 나아져야 할 텐데. 아가씨, 내가 한 달에 얼마나 벌 것 같아요?"

"네? 글쎄요."

"나 한 달에 120만 원 벌어요. 요새 택시 경기가 워낙 안 좋아서. 그래도 밤에는 일 안 해요. 비틀거리는 꼴라들 추태가 아주 보기 싫어서 말이지."

그는 말벗이 필요했는지 대화를 이어갔다. 그 돈이면 자식들한테 손 안 벌리고 산다고 했다. 어제도 아내와 족발에 소주도 한잔했다고.

무언가 환해지는 느낌이 들었다. 햇살이 차 안을 비추는 것처럼, 해바라기 한 송이를 들여다보는 것처럼 따스함이 느껴졌다. 택시는 골목을 지나 탁 트인 도산대로에 들어섰다. 바람이 '확' 하고 세게 불어오자 무릎에 눕혀놓은 꽃 더미 속에서 강아지풀이 살랑살랑 꼬리를 흔들어대기 시작했다. 그러자 누군가 손등을 간질이는 것처럼 느껴졌고 한동안 까슬까슬한 강아지풀을 만지작거렸다. 꼬리의 털은 햇빛에 형형히 빛났고 그 사이로 촘촘하게 박힌 갈색빛 이삭이 보였다. 여물어가는 풀을 손으로 꽉 쥐어봤다. 작지만 단단하게 채워지는 무수한 삶들을.

강아지풀 '개꼬리풀'이라고도 불리는 벼과의 식물이다. 7~10월까지 길가나 논, 밭에서 자라며 잡초 취급을 받을 정도로 번식력이 좋다. 줄기 끝에 촘촘히 달린 이삭에는 1~3개의 뻣뻣하고 굵은 털이 난다. 연둣빛 이삭은 익어갈수록 고개를 숙이며 연한 갈색으로 변한다.

민들레

삶의 기류를 타고
훨훨 날아가는
씨앗

인생의 목적을 향해
나아가는 이의 여정은
얼마나 아름다운가

어두운 밤
하얗게 빛나는 솜털의 의지에
마음이 간질간질
잠들 수 없네

5월의 황금연휴에는 구애하는 사람들과 결혼하는 연인들로 꽃 일이 산더미처럼 넘쳐났다. 누군가의 마음을 설레설레 흔드는 산들바람이 지하 작업실까지는 미처 닿지 못했다. 그곳에는 5월이 없었다. 햇빛이 들지 않는 공간의 어두움 때문이기도 했고, 사람을 가둘 만큼 어마어마한 양의 꽃 때문이기도 했다.

작업실의 분위기는 긴박하다 못해 처절하기까지 했다. 단추가 나가 집게로 고정한 앞치마, 축축한 목장갑을 그대로 낀 손, 흐트러진 머리, 점점 콧등으로 내려오는 안경까지. 작업 중인 나는 사투라도 벌이는 사람처럼 신문지 더미 속에서 허우적댔다.

꽃을 손질해 물통에 넣다 보니 오전이 금세 지나갔다. 바닥을 뚝딱 쓸고 한숨 돌리고 있는데, 누군가 또각또각 소리를 내며 작업실을 찾아왔다. 얼핏 보기에 키가 크고 늘씬한 그녀는 이목구비가 뚜렷한 서구적인 미인이었다. 무엇하나 묻지 않게 조심할 수밖에 없는 파스텔 색조의 치마를 입은 채 그녀는 눈을 한 바퀴 굴려 여기저기 둘러봤다.

예전의 나는 사방팔방 어질러진 작업실에 누군가가 오면 생얼굴을 보여주는 것처럼 민망했지만 이제는 배짱이 생겼는지 아무렇지 않았다. 삶의 민낯을 드러내는 건 가장 인간적인 만남이 아닌가. 터질 것 같은 쓰레기봉투와 목덜미에 보이는 파스 자국, 땀에 지워진 화장. 이것만큼 이 일을 제대로 알려주는 게 있을까 싶기도 했다.

"플로리스트가 되고 싶다고요?"

차 한 잔을 건네며 물었다.

"꽃을 보면 기분이 좋고요. 멋진 직업인 것 같아요. 손재주도 어느 정도 있어서 더욱 관심이 가더라고요."

지인의 후배인 그녀는 20대 후반의 회사원이었다. 따분한 사무 일이 지겹기도 했고 플로리스트가 자신의 적성과 잘 맞을 것 같아 나를 찾아왔다고 했다.

"음…… 누구나 꽃을 만지면 기분은 좋아지죠. 손재주가 있는 건 장점이고요."

온기가 남은 커피 잔을 만지작거리며 어디까지 알려주어야 할지 생각했다. 물통에 담긴 꽃들은 어찌 보면 공사장에 수두룩하게 쌓인 벽돌과 다를 게 없지 않은가. 사람의 손을 타지 않고서는 아무짝에도 쓸모없는, 뼈마디에서 우두둑 소리가 날 법한 막노동의 부품이라는 점에서는 같은 셈이었다.

"직업은 좋아서 하는 취미와는 달라요. 새벽에 꽃 시장에 가고 종일 서서 일하는데, 괜찮겠어요? 청소가 하루 업무의 반이어도?"

그녀는 눈을 끔벅끔벅하더니 자신 있다고 짧게 답했다. 이어서 플로리스트가 되면 어떤 것을 경험해보고 싶은지 묻자 잘 모르겠다고 했다. 우선 유명해지고 돈을 많이 벌고 싶다고. 내 머릿속에는 빨간불이 번득이면서 경고음이 웽웽 울렸다. 그건 꿈이나 포부가 아니라 순간적인 욕망에 가깝지 않을까. 차곡차곡 쌓이는 게 아니라 불길처럼 치솟다 금세 꺼지고 마는.

"우선 충분히 경험해보고 결정해요. 취미로만 배우고 호텔이나 플라워숍에서 주말에 아르바이트를 해봐요. 딱 6개월만. 그럼 답이 나올 거예요."

오후에 할 일이 잔뜩 쌓여 있어 대화를 오래 나눌 수 없었다. 그날 이후 우리는 인스타그램상에서 스치듯 만났는데, 그녀는 아기자기한 꽃 사진을 자주 올렸다. 유행하는 내추럴 스타일의 꽃다발을 들고 있거나 화관을 머리에 쓴 채 활짝 웃는 모습에는 기대가 잔뜩 묻어 있었다. "오늘 칭찬받음", "꿀잼" 하며 소감도 짧게 남겼다. 반년이 지나자 소식이 드문드문하더니 어느 순간부터는 사랑의 덫에 빠지게 한다는 데이트 코스나 예쁘게만 보이는 불량 식품 사진이 삼시 세끼 밥 먹듯 올라왔다. 언젠가 만난 지인은 그녀가 요즘 카페를 열고 싶어서 바리스타 과정을 배우러 다닌다고 했다.

그때 나는 꽃처럼 활짝 피었다 금세 사그라드는 게 20대의 꿈이라고 생각했다. 어떠한 갈구가 싹처럼 불쑥 움트기 시작했고 무언가를 잡으려는 의지가 줄기처럼 뻗쳐 올라가지 않던가. 겉보기에 그럴싸한 생활, 신선함, 주위의 시선처럼 실체가 없는 뜬구름을 향해서. 그러다 비눗방울이 터지듯 환상이 깨지면 마음이 허무하게 시들어 버렸다. 그 시들어가는 모습에는 비행기를 탄 적도 없으면서 무작정 승무원이 되고자 했던 나의 좌절이 있었고, '그들' 속에 포함되고 싶어 무작정 외국계 투자 은행에 다녔던 스물다섯의 쓰디쓴 눈물도 배어 있었다.

그 지망생이 나에게 물었던 질문 중에는 꽤 철학적인 것도 있었다.
"일이 힘들다고 하셨는데, 그럼 왜 플로리스트가 되셨어요?"
'글쎄'라는 단어 말고는 적당한 답을 찾지 못해 머리를 긁적였다.

나는 이 일을 왜 하고 있을까? 이런저런 잔가지 같은 생각을 정리하면 뿌리 같은 본질만 남았다. 그냥 꽃이 좋아서……. 순수함, 머리로 이해할 수 없는 지극한 단순함에는 계산하지 않고 앞으로 나아가게 하는 힘이 있었다. 죽을 것처럼 힘들어 당장 그만두고 싶다가도 며칠 지나면 몸은 다시 가뿐했고 오랜만에 보는 수국이나 장미는 모난 마음을 동글동글하게 풀어줬다. 그렇게 지속된 하루에는 어떠한 목적이 있었는지 오랫동안 잊히지 않은 아련한 얼굴들이 있었다.

노란 프리지어를 보고 주름이 진해지게 웃던 치매 할머니

10년 만에 구애하는 남자의 간절한 눈빛

술, 도박으로 절연했던 아버지를 결혼식에서 재회한 신랑

어깨가 얼얼하고 다리가 뻐근해지자 장갑을 벗고 작업실을 빠져나왔다. 5월 초저녁의 해는 산자락 끄트머리에 매달려 공기를 미적지근하게 데웠다. 바람 한 점 없는 텁텁한 거리를 걷고 있는데, 무언가 눈앞에 아른거렸다. 내가 멈추어 서자 하얗고 티끌만 한 무리가 어디선가 터져 나와 두둥실 나를 둘러싸고 있었다. 솜사탕 한 가닥처럼 생긴 것이 팔을 뻗쳐 손에 쥐려 하면 저항이라도 하듯 재빠르

게 달아나버렸다.

손을 다시 허공에 내딛는 순간 어떠한 기억이 희끄무레한 무리 사이로 피어올랐다. 양 볼을 부풀린 어린 시절의 나는 솜털 같은 민들레를 후후 불곤 했다. 비눗방울처럼 퍼져 가는 씨앗은 지천에 흘렸고 나는 그것을 잡으려고 동네방네 신나게 뛰어다녔다.

'아, 맞다. 민들레 씨앗이구나!'

씨앗은 도로 위를 떠다니며 사람들 사이를 요리조리 피해 다녔다. 그제야 나는 주변을 살피기 시작했다. 대로변을 지나 어느 골목으로 들어서는데, 건물 벽면에 바짝 붙어선 노랗고 부들부들한 얼굴을 만났다. 고개를 수그린 나는 자라처럼 목을 빼고 그 모습을 지켜봤다. 민들레는 솜털로 채워진 동그란 머리를 푸드덕거리며 안간힘을 썼다. 그 옆에 키가 겅중 올라온 줄기는 맡은 소임을 다한 듯 휑한 머리를 드러낸 채 막대기처럼 꼿꼿하게 서 있었다.

바람이 끊어진 골목에서 민들레는 '번식'이라는 간절한 목적을 위해 사방에 솜털을 흩날려 날 애타게 불렀는지도. 그렇다면 도와주어야 하지 않을까. 인간인 나는 겸손하게 쭈그리고 앉아 광대한 식물 세계의 순환과 번식을 돕는 하나의 작은 매개체가 되기로 했다. 민들레에 가까이 다가가 입술을 동그랗게 오므려 '후' 하고 바람을 불었다.

　씨앗은 흰 거품을 일으키며 소용돌이 속에서 치열하게 퍼져 나갔다. 삶의 목적을 따라 나아가는 이의 여정은 얼마나 아름다운가. 투명한 바람만이 감도는 어둑해지는 길목에서 하얗게 번져 가는 민들레 씨앗이 내 마음을 간질이고 있었다.

민들레　야생초인 민들레는 볕이 잘 드는 곳이면 어디든지 번식하는 여러해살이풀이다. 강한 생명력 때문에 힘들어도 다시 일어서는 백성에 비유해 '민초'라고 부르기도 한다. 꽃이 지면 꽃대 끝에 얇은 껍질의 열매만 남는데, 이를 '수과'라고 부른다. 수과에 달린 민들레 씨앗에는 우산 모양의 갓털이 자라 바람에 쉽게 날아간다.

사계소국

작은 꽃씨 하나
마음의 응달에
심어두었지

햇살처럼 토닥이고
바람처럼 어루만져
너처럼 소담한 얼굴 하나
그곳에 피워다오

풀 한 포기 없는
쓸쓸한 공터에
삶의 향기를 전해야지

야간 택시

:

열한 시가 조금 넘은 밤이었다. 사무실 불을 끄고 나와 택시에 몸을 싣자 거울 속에 비친 택시 기사의 어둑어둑한 눈매가 나를 쳐다봤다. 얼핏 예순이 넘은 어르신 같았다. 뒤통수에 대고 집 주소를 말하자 택시는 바글바글한 골목을 비집고 내려가기 시작했다.

몇 분이 지나 택시는 탁 트인 한강을 마주했고 속도가 붙자 도시의 불빛이 택시를 따라 줄지어 달려왔다. 그 빛들이 사람의 내면을 들여다보는 눈동자처럼 또렷하다고 느낄 무렵 어떤 소리가 들려왔다.

"으흐흐…… 으흐흐……."

이슬비처럼 가느다랗지만 감출 수 없는 소리였고 희끗희끗한 머리처럼 세월에 순응한 듯한 울음이었다.

"미안합니다……."

어르신은 핸들을 붙든 채 울먹거리셨다. 비스듬히 바라본 그의 볼은 흐릿한 조명 속에서도 촉촉했고 바람에 나부끼는 종잇장처럼 떨렸다. 흐트러지지 않은 자세, 정면을 응시한 눈에서 흐르는 눈물은 그 순간의 것이 아니었다. 그는 밤의 한복판에서 어떠한 기억의 터널을 지나가는 듯했다. 밤의 불빛이 잊힌 감정을 들추어내기라도 한 것처럼.

"어르신, 괜찮습니다. 시원하게 우세요."

예순이 훌쩍 넘은 남자의 눈물. 그건 맑은 날 와락 쏟아지는 비처럼 당황스럽고 익숙지 않은 모습이었다. 그가 코를 훌쩍이며 연거푸 내게 미안하다고 하자 무슨 말이라도 꺼내야 했는데, 그저 '힘내세요'라는 내용 없는 말밖에 떠오르지 않았다. 결국 흐느끼는 뒷모습만 바라봤고, 그러다 겸연쩍다고 느껴지면 아무것도 없는 창밖만 내다볼 뿐이었다. 세찬 가을바람이 차 안을 휘저었고 우리는 아무 말도 나누지 않았다. 강변북로에 들어서자 그는 진정이 되었는지 덤덤한 어투로 살아온 이야기를 꺼내기 시작했다.

가난한 집안의 홀어머니 밑에서 두 형제가 자랐다. 두뇌가 명석한 동생은 평생 연구하는 학자의 삶을 동경했지만 애석하게도 어머니는 모든 기회를 형에게만 주셨다. 어쩔 수 없이 동생은 일찌감치 꿈을 포기한 채 살았다. 그는 청년 시절부터 택시를 운전했고 아내는 꽃집을 운영하며 악착같이 돈을 모았다. 부부에게는 애지중지 키운 2남 1녀가 있었다. 다행히도 자식들은 부모의 헌신에 보답이라도 하듯 사회에서 보란 듯이 성공한 삶을 살아갔다.

"자녀분들이 번듯하게 자리 잡아서 뿌듯하시겠어요."

어르신은 고개를 끄덕이다가도 허무가 짙은 한숨을 쉬셨다. 그 숨은 그의 얇은 어깨를 지나 내 앞에 툭 떨어질 만큼 중량감을 지닌 것이었다.

택시는 어느새 중랑천에 들어섰다. 군데군데 놓인 가로등은 고개를 수그린 채 고독하게 거리를 내려다봤고 그는 말을 이어갔다. 몇 년 전 장남이 병원 개업을 앞두고 그에게 금전적인 도움을 요청했다고. 흔쾌히 적금을 깨서 부탁을 들어줬지만 그 이후에도 자식들은 빈번하게 손을 내밀었다. 둘째 아들의 사업 자금과 연구원이 되어 혼인할 딸의 집 마련도 차마 외면할 수 없어 부부는 집을 팔았다.

"……어쩌다 칠십 평생 노동자로 살게 되었는지."

노동자……. 측은함이 묻어 있는 그 말이 내게는 밤바람보다 차갑게 다가왔다. 누군가가 초라해질 만큼 싸늘했고 회의감이 들 만큼 자포자기하게 들렸다. 문득 울음에도 나이가 있다고 생각했다. 아기의 울음은 일시적인 해소를 위한 즉각적인 본능이라면 노년의 울음은 긴 세월 축적되고 고인 슬픔이 차고 넘쳐서, 더는 담아둘 수 없어서 흘러나오는 것이었다. 얼마나 참아왔길래 낯선 손님 앞에서 기어이 쏟아지는 눈물일까. 저 눈물은 얼마나 외롭게 식어갔을까.

슬픔이 돌처럼 오랜 세월 딱딱하게 굳어온 상처라면 비처럼 뚝뚝 떨어지는 눈물의 양만큼 상처가 마모될 수 있을까. 더는 담아둘 수 없는 눈물이라면 그치지 않기를 바랐다. 울음에 슬픔이 씻겨 내려갈 때까지…….

택시는 어둠이 짙게 깔린 집 앞 골목에 이르렀다. 어르신께 집까지 안전하게 데려다주셔서 감사하다고 인사를 드렸다. 그러다 퇴근할 때 부리나케 들고나온 꽃 몇 송이가 떠올라 가방을 뒤적였다. 이런저런 꽃 중에 손에 잡히는 것을 건넸다. 사계소국이라는 연보랏빛을 띠는 국화인데, 어두운 차 안에서 보니 더욱 짙게 보였다.

"꽃 한 송이 드릴게요. 이 국화는 향이 강하지 않아서 코를 꽃에 가까이 대야 향기를 맡을 수 있어요."

그는 주름진 미소로 고맙다고 말하며 꽃을 가까이 들여다봤다. 차에서 내린 나는 떠나가는 택시의 뒷모습을 한동안 바라보아야 했다.

백라이트가 어둠 속으로 사라질 때까지. 바람이 그의 젖은 볼을 매만지듯 국화 향기가 텅 빈 마음에 잔잔히 스며들기를 바랐다. 천천히 꽃향기를 맡을 수 있는 삶이기를. 그의 남은 생애에는 슬픔 대신 삶의 향기가 은은하게 배어나기를…….

사계소국 봄부터 가을까지 꽃을 피우는 다년생 작은 국화이며 귀엽고 소담한 느낌으로 사람들에게 사랑받는다. 색은 크게 연보라 또는 분홍으로 나뉘며 잎의 가장자리에 들쭉날쭉한 결각이 있다. 여름철을 제외하고는 직사광선에서 잘 자라며 절화로서의 수명도 길다.

찔레나무

기다림이 길어서
짙어진 향기

아픔이 클수록
깊어진 가시

얼마나 많은
겨울을 보내고
너는 내 앞에 왔을까

무슨 일을 하시죠?

:

"무슨 일을 하시죠?"

의사는 어깨를 진찰하다 내 얼굴을 쳐다봤다. 내가 노동하는 여자라고 짐작이라도 한 모양이었다. 어깨를 짓누르는 듯한 통증이 시작된 건 몇 개월 전이었다. 무거운 짐을 옮길 때면 등에 지거나 어깨에 얹어서 가야 그나마 견딜 만했다. 그건 힘을 덜 쓰기 위한 노동의 기술이었고 달리 말하면 삶을 버티는 방식이기도 했다.

이른 아침 꽃 시장에서 도착한 짐은 꽃 외에도 나무 뭉치, 철제 기물, 흙 포대처럼 육중한 것들이었다. 두 팔로 그 무거운 짐을 들어 올리는 건 허리를 삐끗할 수도 있는 초짜의 방법이었다. 그저 짐이 나의 일부인 듯 수그린 등과 허리에 얹어서 가면 그나마 견딜 만했다. 등에 지는 건 주로 흙 포대였다. 자루 속에 꽉 찬 배양토의 밀도만큼이나 어떠한 여지없이 등을 압박하는 힘에 떠밀려 한 발짝 한 발짝 위태롭게 내디뎠다. 수입차들 사이로 뒤뚱뒤뚱 걷는 내 모습을 누군가는 조마조마한 눈으로 지켜보기도 했다.

내 키보다도 훌쩍 높은 기다란 나뭇가지 묶음은 어깨에 얹는 편이 나았다. 무자비한 무게감에 정신이 아찔해지면 어떻게든 발을 떼어 걸어갔다. 구겨진 얼굴로 헉헉거리며 짐을 나르다 보면 동병상련의 마음 때문인지 공사장 인부들이 떠오르기도 했다. 먼지가 자욱한 공사장 한복판에 쪼그리고 앉아 마시는 소주는 얼마나 달면서도 톡 쏘는 위로일까. 알딸딸하게 오른 술기운에 짊어진 삶의 무게를 잠시 내려놓는 순간이 그곳에서 허락된 유일한 낭만일지도.

짐을 다 옮기고 난 뒤에는 으레 인스턴트커피를 탔다. 설거지하기 귀찮으니 종이컵에 타서 커피 봉지로 휘휘 저어 하루에 세 번 정도는 마셔야 했다. 혀를 마비시키는 듯한 단맛의 강한 자극에 일상이 괜찮은 것처럼 느껴졌으니까. 주위에서는 적당히 마시라고 했지만 그 짧은 단맛마저 없는, 입에서 쓴내만 풍기는 하루는 고단해서 견딜 수가 없었다. 커피를 마시면서 뚝뚝 소리가 나는 어깨를 돌리다 보면 나를 쳐다보던 의사의 눈빛이 불현듯 떠올랐다. 의문이 가득한 눈빛이었다. 사실 그는 내 직업이 궁금했다기보다 나라는 사람에 대해 의아해하고 있었는지도 모르겠다. 어쩌다 어깨가 그렇게 되었는지, 근육이 뭉치고 파열됐는데도 어떻게 아무렇지 않게 살아왔는지.

"무슨 일을 하세요?"

언젠가 소개팅 자리에서도 같은 질문을 받은 적이 있었다. 인사를 나누고 앉았는데, 말쑥한 갈색 머리에 세미 정장 차림의 남자는 내 얼굴과 탁자를 번갈아 쳐다보더니 직업을 물었다. 동그래진 그의 눈이 향한 곳은 내가 쥐고 있던 커피 잔이었다. 매끈하고 곱상한 커피 잔의 손잡이 사이로 흙먼지가 새까맣게 낀 손톱 한 쌍이 못나게 삐져나와 있었다. '아차' 하며 탁자에 잔을 내려놓고는 텅 빈 웃음을 지었지만 속으로 '아, 글렀네' 하고 씁쓸함에 젖어 들었다.

착실한 회사원이었던 그는 평일에 야근이 잦아 통화가 어려웠고, 그가 쉬는 주말에 나는 장시간 꽃 장식을 하느라 저녁이면 녹초가 되었다. 우리는 서울이라는 같은 도시에 살았지만, 만날 때는 몇 폭 안 되는 탁자를 마주하고 앉았지만, 둘 사이의 거리는 지구 건너편에서 낮과 밤을 반대로 살아가는 사람들만큼이나 멀고 아득했다.

토요일 저녁 땀에 찌든 얼굴에 화장을 덧칠하고 그를 만났다. 눈에 힘을 주고 입꼬리를 연신 올려도 지친 모습은 가릴 수가 없었다.

"오늘 힘들었어?"

그는 자상했고 함께하고 싶을 만큼 좋은 사람이었지만 호감을 넘어 서로를 이해할 만큼 관계가 깊어가지는 못했다. 서로 다른 시간

대를 보냈기에 웃는 얼굴 속에 피로가 얼룩졌고 늦은 밤 하품을 참거나 시계를 자주 쳐다보면서 대화가 끊어졌다. 탁자의 커피가 식어가듯 관계가 식어갔다.

꽃은 아름답지만 그 속에서 물든 시간은 아름답지도 향기롭지도 못했다. 통증이 어깨에 흡착한 파스에까지 스며들었는지 강한 파스 냄새에서도 욱신거리는 전율이 느껴졌다. 몹시 아팠다. 통증이 몸을 잠식하자 손톱 하나 다듬을 만한 나에 대한 애착도, 삶에 대한 여유도 사라져 갔다. 그런데 연애라니. 잔뜩 쌓여 있는 찔레나무가 그날따라 얄밉게 보였다. 찔레꽃의 새초롬한 얼굴은 누군가 겪는 고된 노동의 실체 ── 가시가 손에 박혀 따끔거리는 일, 거센 줄기를 자르다 힘줄이 팔목에 내돋치는 일, 줄기가 토해낸 뿌연 물을 갈아주는 일, 통 속에 미끌미끌하게 붙어 있는 박테리아를 닦아내는 일, 썩은 물의 악취를 참는 일 ── 를 새하얗게 감추어버리는 비현실적인 아름다움이었다.

쉬지 않고 일해도 날은 야속하게 저물어갔다. 손을 잽싸게 움직이다 매섭게 덤비는 가시의 습격에 손끝에서 붉은 피가 솟구쳐 올라왔다. 마음에 불길이 치솟았다.

"아, 정말 이것조차도……."

손에 쥐고 있던 찔레나무를 힘껏 내동댕이쳤다. 줄기가 철렁거리며 몸을 비틀어대자 엷은 꽃잎들이 허공에 파르르 흩어져버렸다. 눈시울이 뜨거워지더니 꺼이꺼이 울음이 터졌다. 그 순간 의지대로 할 수 있는 게 아무것도 없다는 생각이 들자 서러움이 복받쳤다.

벌거숭이 줄기에 빽빽하게 붙어 있는 가시들이 바닥을 벅벅 긁어대며 고꾸라졌다. 앙상한 모습 위로 하얀 꽃잎들이 우수수 구슬프게 떨어졌다.

"왜 이리 가시가 많아."

손톱만 한 가시는 생존에 대한 의지라도 다지듯 뾰족하게 날을 세워 버티고 있었다. 그 앙칼지다 못해 결연한 모습 위로 아릿한 향이 흘렀다. 흰 구름처럼 무리 지어 핀 찔레나무 더미가 내뿜는 향기였다. 날카로움과 향긋함의 묘한 공존 사이에서 아무것도 하지 않은 채 한참을 머물렀다. 밋밋한 줄기 위로 가시를 올려대는 안간힘으로 살아가는 걸까. 꽃도, 사람도……. 숨을 깊게 들이켰다. 몸에 배어가는 찔레꽃 향기에 한껏 취할 때까지.

찔레나무 찔리는 가시가 많은 찔레나무는 우리나라 전국 산기슭의 양지에서 쉽게 볼 수 있는 2미터 정도의 관목이다. 가시덤불을 이루어 자라다 5월 즈음 흰색 또는 연분홍색 꽃이 무리 지어 피며 은은한 꽃향기로 사람들에게 많은 사랑을 받는다.

3부

슬픔에 대한 존중 :

플라타너스

무성한 팔을 휘저을 때면
쇠쇠쇠 들리는
시원한 파도 소리

누군가의 상실을
먼지처럼 쌓인 슬픔을
탈탈 털어버리는
고마운 소리

나무야
삶이 힘들 때면
한 마리 새가 되어
다정한 네 팔에 앉고 싶어

"자궁의 혹은 모두 제거했습니다만……."

수술을 멈추고 나온 의사의 말투가 다행이면서도 다행스럽지 않게 들렸다.

"내막이 점점 두꺼워지고 있어요. 비정상적으로 세포가 증식하고 있는데, 암이 되기 전 단계입니다."

엄마는 가슴이 '턱' 하고 막히는 것을 느꼈다. 딸이 좋은 사람 만나서 남들처럼 아이 낳고 키우며 살기를 원했는데……. 그런 평범함은 애쓰지 않아도 나이가 들고 흰머리가 나는 것처럼 누구에게나 온다고 생각했는데, 그렇지 않았다.

"선생님, 그래도 생명에는 지장이 없으니 다행인 거네요."

"……그런데 어쨌든 자궁을 없애야만 안전하다는 거죠?"

엄마의 말은 흔들리는 눈동자만큼이나 오락가락했다. 여기저기서 솟구치는 감정들이 서로 부딪히고 뒤엉켜 자신을 꽁꽁 옭아매는 것처럼 느꼈다. 그럴 때면 숨을 깊게 내쉬어야 했다. 그것으로도 부족하면 창밖으로 보이는 움직이는 것들 ─ 달리는 자동차, 걸어가는 사람, 흔들리는 나무 ─ 에 한동안 시선을 두어야 힘든 감정에서 벗어난 것 같았다.

곤히 자다가 몸이 찌뿌둥해 눈이 떠졌다. 평온한 오후였다. 벌거벗은 몸은 하얀 천에 쌓여 눕혀져 있었다. 눈을 깜박거리다 고개를 돌리니 수술복을 입은 누군가와 눈이 마주쳤다. 자신도 모르게 낯선 곳에 덩그러니 놓여 있다는 생각이 들자 무언가를 실감하려는 듯 손으로 주변을 더듬거렸다. 매트를 만지다 손가락을 움직였고 발가락도 꼼지락거렸다.

"지금 몇 시인가요?"

오후 한 시 반이라고 누군가 말해줬다.

"오후가 맞는 거죠? 그러니까 점심 식사하는 오후요."

이미 흘러버린 시간의 한 지점에 나는 무기력하게 누워 있었다. 수술은 분명 오전 열 시에 시작했고 별일 없으면 혹만 제거하고 30분이면 끝난다고 했었는데. 아……, 그렇구나. 마땅히 그래야 했고, 그렇게 되어버린 현실 앞에서 마음은 덤덤한 듯했다. 으슬으슬 떨리는 몸과 쑤셔대는 복통에 신음할수록, 진통제 좀 달라고 울부짖을수록, 물리적인 고통을 호소할수록 마음은 괜찮아졌다.

　좋은 소식과 그렇지 않은 소식을 함께 들을 때의 감정은 찬물과 뜨거운 물을 동시에 마시는 느낌이었다. 갈증을 해소할 만큼의 시원함도, 싸늘한 기운을 없앨 정도의 뜨끈함도 아닌 상태. 그렇게 기쁨과 슬픔의 뜨뜻미지근한 상태를 오가다 밥을 먹고 화장실을 가고 잠이 들었다. 그런 하루에는 물과 기름처럼 양립할 수 없는 두 감정이 나란히 붙어 다녔다.

　'그래, 난 멀쩡히 살아 있어.'

　안도감에 젖어 들다가도 나를 측은하게 바라보는 누군가의 시선과 체념해야 하는 것들을 생각하면 머릿속에 균열이 일었다. 시계추처럼 오락가락하는 내 모습은 감정의 양극을 오가며 나름의 균형을 잡으려는 건지도 몰랐다. 어차피 삶은 늘 출렁거리는 시간 속에 존재하는 것이고 휩쓸리지 않으려면 무언가를 붙잡아야 했으니까. 그런데 지금은 무엇을 붙잡아야 할지 몰라 창틀 망에 수시로 몸을 붙였다 뗐다 하는 파리처럼 마음이 떠돌았다.

　아침에 회진하던 의사는 내 안부를 물었다. 잠은 잘 잤는지, 미음이나 죽이 아닌 밥을 먹기 시작했는지. 의사에게 회복이란 내 몸이 일상의 기초적인 주기에 잘 맞추어 돌아가는 것인 듯했다.

"수술은 잘됐습니다. 이제 편하게 활동할 수 있어요."

그의 말이 맞기는 했다. 평범한 일상에 예고 없이 터지던 수치스러운 부정 출혈로부터 자유로워진 건 분명했다. 한여름에 두꺼운 바지를 입지 않아도, 사계절 내내 검정 옷을 입지 않아도, 화장실이 조금 더 먼 곳에 있어도 되니까.

일상이 괜찮아지니까 나도 괜찮을 줄 알았지만 마음은 반대였다. 혹이 퍼지던 자궁을 떼어냈다는 홀가분함은 불편한 자각과 맞닿아 있었다. 만지면 손자국이 남을 것 같은 갓 태어난 아기를 안고 있을 때의 감격, 오물오물 젖 먹는 아기를 내려다보는 시선, 유치원 차 앞에서 양손을 흔드는 모습 같은 훈훈한 순간이 나에게는 없을 거라는 사실. 그런 상실에 대한 감각이 텅 빈 아랫배를 아프게 쑤셔댔다.

의사는 회복 속도가 정상적이라며 수술한 지 닷새가 지나면 집에서 자가 간호를 할 수 있다고 말했다.

"걸을 수 있을 만큼 걸으세요. 쉬었다가 또 걸으세요."

그는 운동하라는 말을 수시로 했다. 무릎이 튀어나온 환자복을 입고 엉금엉금 걸을 때면 링거대에 매달린 수액이 찰랑거리며 똑똑 떨어지는 게 보였다. 미세한 혈관을 타고 들어오는 투명한 방울, 그 에너지원을 요긴하게 태우며 걷기 시작했다. 몸을 움직이는 건 그 순간을 살아 나아가게 했다. 아랫배의 뒤틀림과 허벅지의 당김, 어질어질한 현기증. 그런 요동치는 몸을 생생하게 느끼면서도 고통에 머물지 않기 위해서는 그것을 안은 채 앞으로 나아가야 했다.

먹거나 자거나 걷기, 병원에서의 일상은 단순했다. 3층 구석에 있던 병실은 여섯 명이 함께 사용했는데, 누군가 끙끙 앓느라 동물처럼 우는 소리, 그 와중에 도란거리고 낄낄대는 소리, 오도독대며 혼자 무언가를 씹어대는 소리가 칸막이 너머로 새어 나왔다. 폭넓은 음역의 소리는 오후의 선잠을 깨울 만큼 성가셨지만 칸칸이 답답하게 메운 슬픔을 비집고 일상이 흘러들어 오는, 슬픔을 상쇄하는 소리였다.

병실의 한쪽은 통유리였는데, 방장이라고 자처한 언니는 소독약과 병원 밥, 체취가 뭉친 퀴퀴한 냄새가 싫다고 유리창을 시도 때도 없이 활짝 열어놓았다. 새벽에 자다 깨서 싸늘한 기운에 홑이불을 찾을지언정 생장하는 여름의 풀 내음과 우거지는 소리를 들으면서 잠이 들었다.

어떤 날은 바람이 심하게 불었다. 칸막이용 커튼이 높게 팔랑거리자 옆 칸에 누워 창가를 바라보는 방장의 뒷모습이 보였다. 창밖에는 3층까지 올라온 큰 나무가 파랑의 하늘을 향해 무성한 팔을 흔들어댔다.

"저 나무 플라타너스야. 5월만 해도 저렇게 크진 않았는데, 지금은 엄청나지."

땅에서 보는 나무는 꿈쩍도 하지 않고 기둥처럼 박혀 있었지만 하늘로 뻗어가는 가지들은 팔을 세차게 흔들면서 파도가 '쏴아쏴아' 부서지는 소리를 냈다. 내 안에 먼지처럼 쌓인 불안과 상실을 그 시원시원하고 큼직큼직한 움직임으로 훌훌 털어버리면서 넘실거렸다.

플라타너스는 푸르고 넓은 잎들을 펄럭거리며 움직이는 시간을 살아내고 있었다. 얼마간의 시간이 지나면 그 계절의 모습으로 변해 있겠지. 붉게 물들거나 뼈마디만 남긴 채 벌거숭이처럼 서 있거나. 그래도 어떤 시기의 풍경이라도 늘 아름답다고 느끼는 건 그 계절을 살아내는 나무의 모습이 담겨 있기 때문이었다. 문득 나무처럼 살고 싶다는 생각이 들었다. 그 순간에 가장 나다운, 그래서 아름다운 모습으로.

퇴원 뒤 집에 돌아오니 방은 엉망이었다. 병원에서 온 다급한 전화에 급하게 짐을 싼 그날의 자국이 고스란히 남아 있었다. 서류가 흐트러진 책상과 구석에 쌓인 옷 더미들, 미처 포개지 못하고 둘둘 말려 있는 이불과 비스듬하게 놓인 베개의 각도까지 그대로였다. 일상은 나를 기다리고 있었다는 듯 그 자리에 머물러 있었다. 감사하게도⋯⋯. 창문을 활짝 열고 커튼을 걷어 젖혔다. 집 앞 거리 곳곳의 나무들이 일렁거릴 때 어떤 소리 하나가 희미하게 들려왔다. 무언가를 훑고 멀리 나아가는 소리가.

플라타너스　넓은 손바닥 같은 잎을 내밀며 무성하게 자라 청량감을 주는 가로수다. 나무껍질이 조각조각 갈라지면서 흰 무늬의 수피가 문양처럼 드러나는데, 이 모습이 하얀 버짐처럼 보인다고 해서 '양버즘나무'라고도 불린다.

아빠 꽃

한겨울에 피어난 꽃
너무 작아 보이지 않네
닳고 닳아 볼품이 없네

타들어가는 외로움에
새빨갛게 물든 꽃
누가 와서 바라볼까

아빠빠빠

:

퇴근 뒤 집에 오면 안방 문은 닫혀 있었다.

"아빠, 주무세요?"

스르륵 문을 여니 형광등 불빛이 방 안을 하얗게 채우고 텔레비전에서는 트로트 노랫소리가 구성지게 흘러나왔다. 중년 가수의 구겨진 인상만큼이나 애절하게 꺾이고 또 꺾이는 곡조. 애수에 젖은 분위기 속에서 아빠는 새근새근 잠을 잤다.

잔뜩 구부린 아빠의 몸은 비틀어 짜낸 빨래처럼 홀쭉하고 쭈글쭈글했으며 기분이 이상할 정도로 낯선 모습이었다. 어느새 일흔을 훌쩍 넘긴 노년의 고독이 초라하게 웅크리고 있었으니까. 길게 뻗은 한 손은 리모컨을 느슨하게 쥐었는데, 아빠는 이런저런 채널을 돌려보다 잠이 든 듯했다.

텔레비전의 각종 프로그램은 아빠를 장시간 혼자 있게 하는, 그래도 괜찮다고 여길 만큼 사람을 둔하게 하는 자극이었다. 코미디 프로그램을 볼 때면 아빠는 평상시 볼 수 없는 하회탈 같은 웃음을 "푸악" 하며 터뜨렸다. 그러다 재미가 시들해지면 고발성 짙은 시사 프로그램으로 넘어갔고 그때는 눈이 부리부리해지면서 "저, 저, 저" 하고 혀를 끌끌 찼다. 결국에는 사는 게 무료하다는 결론에 도달하게 되고 때마침 시작하는 〈가요무대〉가 구수한 선율을 국수 가락 뽑듯 줄줄 뽑아내면서 옛 생각에 휘감기게 했다.

그렇게 여러 채널을 유영하다 피로에 스르르 눈이 감기고 아빠는 곯아떨어졌다. 베개에 얼굴을 묻은 아빠는 흰 서리가 내려앉은 듯한 머리만큼이나 추워 보였다. 아빠의 유년 시절도 지금과 별반 다르지 않았다. 혼자 끓여 먹던 수제비는 금방 배에서 꺼졌고 채워지지 않은 허기가 아빠의 삶을 깊숙이 차지했을 테니까.

아빠는 3월의 찬바람을 밀어내는 봄에 태어났다. 교사였던 할아버지가 귀가할 때면 찌르릉대는 자전거 소리에 아기^{아빠}는 문지방을 기어 나와 앙증스러운 손을 뻗쳐 올렸다. 안개 낀 삼척 바다 같은 회청색 눈을 깜박거리면서. 그러면 아버지^{나의 할아버지}는 아기를 번쩍 들어 두둥실 비행기를 태웠다. 아기는 두툼한 기저귀를 두른 채 토실토실한 구름처럼 하늘에 붕 떴고, 어찌나 신이 났는지 까르르 웃으며 그 계절 산천에 피어나는 꽃망울처럼 굼틀거렸다.

이듬해 6·25전쟁이 발발했다. 부자의 잔잔한 봄날은 땅이 꺼지는 듯한 몇 발의 총탄성에 날아가버렸다. 그건 저물어가는 벚꽃처럼 기약 있는 봄의 이별이 아닌 부자에게 다시는 돌아오지 않을 마지막 봄이었다. 아기의 입에서 "아빠빠빠" 하고 말이 터져 나왔을 때 아버지는 북한군에게 붙잡혀 갔다. 공산주의에 저항하는 교육과 민중 운동에 가담한 무리가 밧줄에 묶인 채 포로로 끌려갔다는 소식이 마을에 퍼졌고, 그 뒤 깊은 산 어딘가에서 여러 발의 총성이 마을을 무너뜨릴 기세로 울렸다. 아기의 할머니가 먼 산을 향해 "아이고, 아이고" 하면서 울부짖자 아기는 그 일그러진 표정과 뚝뚝 떨어지는 눈물, 곡소리에 놀라 덩달아 울음을 터뜨렸다. "아빠빠빠" 하고 허공에다 손을 뻗치며 몸을 들썩였다.

스물둘의 어머니나의 할머니는 꽁치나 꾸덕꾸덕 말린 황태를 떼어와 팔기 시작했는데, 생선의 지독한 피비린내와 짠내를 이겨낼 만큼 억척스럽지 못했다. 흥정이나 떨이 같은 장사 유도리가 없었기에 팔지 못한 생선을 대야 가득 이고는 집으로 돌아오는 날이 잦았다. 가족이 생계를 위해 각자 흩어지면서 아빠는 농고생일 때부터 혼자 지내야 했다. 그러다 서울에 올라왔고 그 생활이 어땠는지는 차마 묻지 못했다. 기억할 수 없을 만큼, 기억하고 싶지 않을 만큼 깜깜할 것 같아서 묻지 않기로 했다.

아빠의 슬픔은 종잡을 수 없는 빛깔로 일상에 퍼져 있었다. 늘 고개를 숙인 채 말없이 식탁에서 밥을 먹었고 가족 모임이나 여행에 불참한 채 우두커니 집을 지키곤 했다. 그러다 어느 순간에는 쌓여버린 슬픔이 화로 치솟아 불덩이처럼 빨갛게 달아오르는 것을 보았다. 초등학생인 내가 방과 후 집에서 만화 영화를 볼 때면 아빠는 일이 잘 안 풀렸는지 성난 얼굴로 들어와 말없이 채널을 돌려버렸다. 그 뒤 아빠만 보면 입을 굳게 다문 채 방을 나가버렸는데, 그건 10대의 미미한 저항과 분노가 눈처럼 쌓이고 쌓여 매섭게 얼어붙은 감정이었다. 살며시 녹지 못하고 산산조각의 날카로운 파편으로 터져 나올 수밖에 없는.

"대체 왜 항상 인상만 쓰고 화를 내요. 제가 뭘 그렇게 잘못했다고요. 네?"

나는 늘 피해자가 된 사람처럼 분하고 억울했다.

"뭐라고? 너, 너……. 지금 그게 무슨 말이냐. 내가 이러고 있다고 날 무시하는구나."

눈을 부릅뜨고 입술을 바르르 떨던 아빠는 방바닥에 털썩 주저앉아 흐느끼기 시작했다. 아빠가 우는 모습을 처음 본 나는 겉으로 드러내지 않았지만 적잖게 당황했다.

"아니 다 아빠 생각해서 하는 얘기라고요."

눈물을 닦던 아빠는 갑자기 외투를 걸치고 집을 나갔고 깜깜한 자정이 되어서야 돌아왔다. 그때 나는 어렴풋이 짐작할 수 있었다. 아빠의 거친 말투와 무거운 표정 뒤에는 내가 잊고 지내왔던 모습이 존재한다는 것을. 그건 상실의 슬픔과 외로움을 홀로 견뎌야만 했던 강원도 산골 소년의 우는 모습이었다. 아픔을 떠안고 태어난 사람은 얼굴에도 아픔이 묻어 있어서 밝게 웃거나 부드러운 말로 누군가를 챙길 여력이 없는데……. 내가 들여다보아야 했던 건 아빠의 표정 뒤에 드리워진 깊은 그림자였는데.

아빠의 손에서 리모컨을 뺀 나는 오랜만에 잠이 든 얼굴을 가까이서 바라봤다. 한낮의 햇살이 무언가를 자연스레 비추는 빛이라면 한밤의 형광등은 밤이 덮은 것을 끄집어내고 들추어내는, 시간을 거슬러가는 불편한 빛이었다. 잊고 지낸 것을 적나라하게 드러냈고, 그래서 눈시울을 붉게 하는 빛이었다.

이제 머리카락이 거의 없는 아빠의 얼굴은 아기처럼 동그랗고 물 컹했다. 그러면서도 땅처럼 울퉁불퉁했다. 불그스름한 살갗은 검버 섯으로 얼룩지고 깊이 팬 주름으로 갈라져 황무지를 연상케 했다. 회사 일을 떠나 농사와 장사로 거칠게 살아온 아빠의 인생이 잠든 얼굴에 고스란히 묻어 있었고, 그것을 본 나는 죄책감에 빠져들었 다. 아빠를 외면한 세월이 너무나 지나와 있음을 인정해야 했기에.

무더위가 푹푹 찌는 여름날 현관 밖에서 화난 사람처럼 외쳐대는 소리가 들렸다. 문을 여니 아빠가 땀을 뻘뻘 흘리며 아이스크림 한 봉지와 수박을 든 채 서 있었다. 아이스크림이 녹을까 봐 뜨거운 대 낮에 동네 슈퍼에서 헐레벌떡 걸어온 듯했다.

"아, 이거……."

수박은 꼭지가 물렀고 어린 시절에나 먹던 구닥다리 아이스크림 은 더는 내 입맛이 아니어서 시큰둥한 표정을 지었다. 노년의 아빠 가 용돈을 아껴서 사 온 것일 텐데. 빨리 주고 싶은 마음에 큰 소리를 질렀을 텐데. 그 모습이 늘 초라하고 작다고 여겼던 나는 아빠의 사 랑을 미처 알지 못했다.

식물을 좋아한 아빠는 집 담벼락을 따라 화분을 줄줄이 늘어놓곤

했다. 초록이 우거지던 담장은 겨울이면 온갖 잎들이 말라비틀어져 보기만 해도 스산했다. 어느 날 출근길을 나서던 나는 그곳에서 걸음을 멈췄다. 바싹 메말라 쩍쩍 갈라질 법한 나무줄기 사이로 아슬아슬하게 얼굴을 걸치고 있는 붉은 꽃이 눈에 들어왔다. 손가락 한 마디 정도 되는, 장미처럼 생긴 작은 꽃이었다. 한겨울에 핀 꽃의 정체가 의심스러웠던 나는 꽃잎을 만져보고 피식 웃지 않을 수 없었다. 어디서 찾았는지 줄기는 없고 꽃 머리만 댕강 남은 조화를 아빠는 섬세하게도 꽂아놓았다. 그건 꽃이 예뻐서라기보다 나에게 보여주고 싶은 마음에 그곳에 두었다는 사실을 이제는 알고 있다. 낡은 조화는 촌스러울 만큼 새빨갰다. 충분히 위로받고 사랑받지 못해 표현하는 게 어색한 순정의 마음처럼.

  형광등을 끄니 어스름한 달빛이 방 안에 스며들었고 창밖 너머로 귀뚤귀뚤 우는 소리가 들렸다. 안방 문을 조용히 닫고 나왔다. 그날 밤 자리에 누운 나는 눈을 감고 한때 아기였을 아빠의 모습을 그려봤다. 아빠가 가장 힘들었을 그 순간을. "아빠빠빠" 하면서 손을 내밀고 엉엉 울던 그 작은 아기를 가슴에 끌어안은 채 잠이 들었다.

하얀 리시안서스

하얗고 투명한
겹겹의 꽃잎

무슨 색으로 물들일까
혼자 할 수 없고
옹기종기 모여야
마음이 물들지

웃음이 퍼진 연분홍으로
따스하게 어루만진 노랑으로
나무처럼 넉넉한 초록으로
우리, 서로를 물들이는
마음의 꽃이 되자

슬픔에 대한 존중

:

심각해진 팬데믹으로 토요일 퇴근길은 적막했다. 빈 전철에는 덜커덩하는 소리가 좌석 위로 굴러다니고 팔뚝에 숭숭 들이치는 에어컨 바람은 선득했다. 역에서 느릿느릿 걸어 나와 어두컴컴한 육교를 건너려다 흠칫 놀라 멈칫할 수밖에 없었다. 한 중년 남자가 구석에서 몸을 웅크린 채 꿈쩍도 하지 않았다. 그는 팔다리를 덮은 비닐 옷을 입어서 온몸이 자글자글 주름져 보였고 덩그러니 놓인 짐짝과 다를 게 없었다. 남자 앞에는 큼지막한 상자 하나가 놓여 있었는데, 그 자신보다도 반듯하고 멀쩡하게 보이는 상자였다.

'왜 하필 사람이 없는 날 여기에 있을까?'

그 구걸은 후덥지근한 여름밤 긴 소매의 점퍼를 걸친 그의 모습처럼 때에 걸맞지 않은 답답한 꼴이었다. 그도 그럴 것이 육교 위에는 아무것도 없었다. 그곳을 오가던 발걸음과 두런두런한 말소리가 끊겼고, 한편에서 양파를 팔던 뽀글뽀글한 파마머리의 아주머니도 보이지 않았다. 인적이 사라진 육교는 누군가의 심연처럼 깊은 어둠만을 떠받칠 뿐이었다. 한 사람의 빈곤과 무기력만을.

그의 앞을 지나가며 흘깃 내려다보니 뻥 뚫린 상자에 동전 몇 개가 나뒹구는 게 눈에 들어왔다. 마음이 살짝 일렁이기는 했다.

'도와줄까 말까?'

걸음이 주춤하기는 했지만 손가락 하나 까딱하기 싫을 만큼 피곤했기에 그를 지나쳐 육교를 터벅터벅 걸어가기 시작했다. 언젠가 을지로역을 지나가다 친구와 나눈 대화를 떠올리면서.

밤 아홉 시가 조금 넘은 1월의 어느 날이었다. 계단 밑 찬 바닥에 두툼한 상자를 깔고 여러 겹의 신문지로 몸을 덮는 이들이 보였다. 잠잘 준비를 하는 모양이었다.

"저런 사람들 너무 무책임하지 않아? 몸도 멀쩡하잖아. 벽돌이라도 나르던가."

친구의 말에 고개를 끄덕이면서도 그 말이 겨울밤 공기보다도 싸늘하게 다가왔다.

"아파서 그런 거겠지. 와르르 무너져서 아무것도 할 수 없는 거야. 슬픔에 갇힌 거라고."

그들이 거리를 방랑하는 게 그들의 잘못만은 아니었다. 바람에 낙엽이 뒹굴고 떠도는 것처럼, 태풍이 몰아닥치면 나무가 뿌리째 뽑히는 것처럼, 온갖 힘을 써도 저항할 수 없는 쓰나미가 삶을 한순간에 덮치기도 하니까.

뉴스에서 자주 듣게 되는 부도, 가정 붕괴 같은 비극은 열심히 살지 않아서 찾아오는 게 아니었다. 한때 기업체의 사장이었고 가장이었던 이들이 삶을 놓아버린 건 누군가를 너무 믿었고 사랑했기 때문이었다. 나는 그들이 삶의 절망 끝에 간신히 매달린 나뭇잎처럼 느껴졌다. 생과 사를 아슬아슬하게 오가는 아픔은 경멸받거나 판단될 수 없었다. 헤아리고 헤아려야 할 뿐.

마음이라는 게 하얗고 투명한 리시안서스와 같아 순간순간 무언가에 물들어가는 게 아닐까. 아무것도 할 수 없을 만큼 아픈 마음은 새까맣게 타들어가거나 찢겨서 생기를 잃은 꽃의 모습일 것 같았다. 실의에 빠지기는 했지만 하루를 버티는 미온의 마음이 남아 있다면 그 희미한 불씨는 지켜주어야 하지 않을까.

구걸하는 남자의 얼굴이 아른거렸다. 주변으로부터 고립된 채 자신만의 감정을 힘겹게 이고 있는 그 어두운 얼굴은 생각할수록 익숙하게 다가왔다. 실오라기 같은 기대를 끊어버린 이별 통보에 내 얼굴이 그랬고, 몇 년 전 봄에 떠난 J도 그런 얼굴이었다.

지갑에 달랑 남은 만 원짜리 한 장을 만지작거리다 그에게로 걸음을 돌렸다. 바닥만 뚫어지게 보던 그는 내가 팔을 죽 뻗어 내밀자 형광등이 켜질 때처럼 눈을 깜박거리더니 나를 쳐다봤다.

"아이고…… 감사합니다."

역에서 흘러나온 빛에 그의 검고 푸르스름한 눈동자가 보였다. 크고 선명하지만 무언가에 젖어 있는 눈이었다. 무슨 말이라도 건네야 할 것 같아 뜬금없이 덥지 않냐고 물었다. 더운 여름을 보내고 있냐고.

"에? 에, 에. 좀 더운 것 같아요."

그는 마땅한 답을 생각해내기라도 하듯 뜸을 들이며 말했고 팔목까지 덮은 얇은 점퍼를 걷어 올렸다. 입이 근질근질했는지 아니면 정말 더웠는지 마스크를 내리려고 했다.

"아저씨, 일찍 들어가세요. 그리고 마스크는 어디서라도 쓰세요. 그래야 안전해요."

"에, 에. 그래야죠"

그는 고개를 끄덕거렸다. 사람도 없는데, 왜 이곳에 있냐고 묻자 단속을 피하고 비를 피할 수 있는 곳이라는, 나름의 경험과 판단에서 나온 대답을 했다. 할 말이 끊겨버린 나는 어색한 인사를 하고 발길을 돌려야 했다. '안녕히 계세요'라고 말할 수는 없으니까 "건강하세요"라고만 했다. 간간이 떨어지기 시작한 빗방울처럼 뚝뚝 끊기는 대화였지만 그 속에는 슬픔을 외면하고 싶지 않은 마음과 고립감에서 조금은 벗어난 또 다른 마음이 순하게 부는 바람처럼 육교 위를 오갔다.

계단을 내려오며 가방에서 우산을 꺼냈다. 덥고 축축한 공기가 살갗에 척 들러붙었지만 내리치는 빗소리가 달구어진 아스팔트를 '쏴쏴쏴' 하며 시원하게 씻기는 것처럼 들렸다. 골목에 줄지어 서 있는 주택과 아파트 단지에는 환한 불이 네모난 눈처럼 켜져 있었다. 옹기종기 붙어 있는 불빛들이 속삭이듯 반짝였다. 서로에게서 멀리 떨어져 있어야 안전한 세상, 그런 세상이 되었지만 그럴수록 더욱 가까워져야 하는 게 있다고.

리시안서스 귓가에 대고 손으로 만지작거리면 사각사각 소리가 나는 꽃이다. 절화 시장에서는 사계절 내내 볼 수 있으며 화병에서의 수명은 비교적 긴 편이라 집에 꽃아두기에 적당하다. 리시안서스 보야지 *voyage* 품종은 작은 물결 같은 프릴이 여러 겹 모여 있어 풍성하며 흰색, 분홍, 자주, 보라, 연두 등 색이 매우 다양하다.

다육이

흔들렸던 마음이
푸른 시간 속에
새로이 뿌리내리고

멈춘 일상에 돋는
연둣빛 하루

잎을 메운 희망
꽃을 피우는 배짱
두둑하다 두둑해

코로나 때문에 퇴사했어요?

:

삐리리 울리는 전화벨이 늦잠의 안락함을 깨뜨렸다. 머리를 흔들어 잠을 깨우고 전화를 받자 로봇 같은 메마른 목소리가 흘러나왔다. 그가 누구인지 도통 감이 잡히지 않았다. 마케팅 회사의 영업 사원이라는 사람, 언젠가 사무실에 브로슈어를 뿌리고 간 이들 중 한 명이라는 것 외에는. 그 희끗희끗한 기억이 전부였다. 그는 멍해 있는 내게 다짜고짜 좋은 제안을 주겠다고 했다.

"네? 저 이제 일 안 하거든요. 회사 나온 지 몇 개월 됐어요."

더 이상의 통화가 불필요함을 알리는 대답이었다.

"혹시 코로나 때문에 퇴사하신 건가요?"

전화를 끊을 법한 상황에 그는 또랑또랑한 목소리로 내가 회사를 떠난 이유를 알고자 했다. 내 삶을 극명하려는 듯 코로나와 퇴사라는 표현을 나열하면서.

"아니요. 그 전에 그만뒀어요. 12월 31일에 퇴사했거든요."

얼떨결에 날짜까지 언급한 건 퇴사가 팬데믹으로 인한 게 아님을 드러내기 위해서였다. 푸릇푸릇한 농작물이 태풍에 뽑혀 나가 너덜너덜해지는 것처럼 전염병 대유행이 내 삶을 극한 지경으로 몰고 가지는 않았다고.

"그럼 앞으로는 무슨 일을 하실 건가요?"

귓가를 들볶는 모기처럼 성가신 질문이 이어졌다. '그건 왜 물으시죠?' 하고 쏘아붙이고 싶은 충동이 일었지만 참았다.

"저도 잘 모르겠어요."

동종 업계에는 복귀할 의사가 없다고 하자 그는 전화를 끊었다.

입 안에서 맴맴거리던 말을 꺼낸 건 1년 전이었다.

"이제 일을 그만둬야 할 것 같아요."

그때 사장은 과로로 피곤한 나머지 사무실 한쪽 소파에 느른하게 누워 선잠을 자다가 게슴츠레 뜬 눈을 비볐다.

"왜, 더는 힘들어서 못 하겠냐?"

그녀는 기지개를 켜며 내뱉는 어투로 예사롭게 물었다. 하긴 창립 때부터 6년간 동고동락했기에 고용주와 고용인 관계 이상으로 서로의 시시콜콜한 부분을 읽는 사이였으니까. 이를테면 나는 꽐

괄한 사장이 무엇을 먹어도 나보다 두 배 정도 빨리 먹고, 반찬이 없을 때는 달걀부침에 소금을 짭짤하게 뿌려야 하고, 인스턴트커피를 마실 때는 종이컵에 물을 가득 부어야 잘 마셨다고 여긴다는 사실쯤을 알았다.

우리는 어쩌다 동침을 했기에 서로의 잠버릇도 어느 정도는 알았다. 심야에 일이 끝나고 이튿날 이른 아침부터 일하는 때가 왕왕 있었다. 가까운 호텔에 투숙해 몇 시간이라도 눈을 붙였는데, 사장은 자다가 이를 드르륵 갈았고 두꺼비 우는 것 같은 희한한 소리를 내기도 했다. 그건 거침이 없고 뭔가를 발산하는 사장 본연의 모습과 일맥상통하는 부분이었다. 그녀 역시 내 얼굴만 보고도 감정의 상태를 읽었는데, 내게 변화가 필요하다는 것을 이미 감지했다고 했다. 부쩍 말수가 줄고 "더는 못 하겠다"라는 푸념 섞인 말을 벽에 대고 혼자 중얼거렸으니까.

행사장의 꽃이 다 시들어 철수할 때는 일그러진 꽃들의 모가지를 싹둑 잘라버렸다. 그중에는 싱싱한 꽃도 꽤 있었지만 모조리 커다란 쓰레기봉투에 넣어 발로 꾹꾹 밟아버렸다. 그러면 꽃 얼굴이 터지기도 했고 무른 줄기가 끈적끈적한 진물을 토해내기도 했다. 빵빵해진 쓰레기봉투를 질질 끌고 가면 썩은 냄새가 풀풀 올라왔다.

'꽃은 예쁘지만 시들고 지는 모습은 지긋지긋해. 그러면 꽃을 좋아한다기보다 한때의 화려한 순간에 빠져든 거네.'

이런 생각이 들 때면 꽃은 사용하고 폐기하는 물건과 다를 바가 없었다. 어찌 보면 향기로 은근하게 다가왔다 가시처럼 할퀴고 가는 사랑의 비참한 말로 같기도 했다. 모든 게 지는 꽃처럼 허무하고 부질없어 보였다.

'시들고 실패해도 허무가 아니라 향기가 남는 순간이 인생에 얼마나 있었을까?'

'뭔가를 해낸다'라는 결기로 20대와 30대를 고군분투해왔지만 스스로 던진 질문에 아무 대답도 할 수 없는 곤란이 마음에 일자 떠나야겠다고 결정했다. 마지막 날 사무실 곳곳에 두었던 물품을 챙기기 시작했다. 구석에 둔 슬리퍼와 후줄근한 카디건, 반찬통과 머그잔, 자그마한 다육이까지. 놓고 가도 그만인 물건들을 한데 모았다. 이야기로 풀자면 수두룩한 밤을 지새워도 모자랄 6년의 시간이 종이가방 하나에 단출하게 정리된 셈이었다.

그건 20대와 30대를 거쳐 몇 차례 경험한 극적인 감정에 휩싸이던 퇴사와는 다른 성격이었다. 면담을 하다가 서러움에 눈물이 왈칵 흐르거나 코를 팽 풀어버리는, 분출하고 쏟아내는 감정의 분화구 같았던 퇴사가 30대의 끝자락에는 잔잔하게 흘러갔다. 그건 어떠한 확신 때문이기도 했다. 꽃을 자르면서 두툼해진 손의 경험치가 삶을 대들 보처럼 지탱할 거라는 마음이 들었으니까.

밤거리를 터벅터벅 걸으며 마지막일지도 모를 회사 주변의 풍경을 찬찬히 바라봤다. 가로수마다 작은 알전구가 열매처럼 칭칭 매달려 추위 속에서 발광했다. 마치 황홀한 꽃 무리처럼. 그런 풍경을 보면 어떠한 기대만으로도 삶은 충분히 아름다워지는 것 같았다. 미래를 알 수 없는 불확실한 겨울밤이지만 불빛의 환희가 그 순간을 따뜻하게 바라보게 하는 것처럼. 그런 꺼지지 않은 기대로 사람들은 각자의 방에서 카운트다운을 하고 새롭게 새해를 맞이할 테고.

새해가 되자 "복 많이 받으세요"라는 명절 문구가 어색할 만큼 곳곳에 퍼지는 팬데믹으로 인해 새해 분위기는 심각하게 가라앉았다. 바이러스가 공기를 부유하고 누군가의 삶에 침투했다는 소식이 일일 보도되면서 팬데믹은 일상이 되어갔다.

만남이 끊기고 프리랜서 일이 끊겼지만 최소한의 일상을 덤덤히 지켜내면서 더는 가로수의 잎새처럼 흔들리지 않는 시간을 보내기로 마음먹었다. 새벽에 일어나 잠들기 전까지 글을 쓰며 지나온 일들을 기록으로 남겼다. 실리적인 효용 가치로 본다면 실패를 기록하는 일에 가까웠다. 잡일을 했고, 퇴사가 잦았고, 승진이 더뎠으며, 뭐 하나 내세울 만한 게 없었다. 쓰레기 더미에 죄다 쑤셔 넣어야 하는 순간만 넘쳐났다.

그러다 기억을 더듬어 한 글자씩 써 내려가면 그 순간에는 맡지 못했던 향기가 문장 속에서 흘러나왔다. 지난날을 수치나 등급으로 구분하지 않고 영화를 보듯 회상하면 각각의 장면에는 그 순간을 빛나게 하는 소중한 것들이 있었다. 영국으로 필수품을 꼬박꼬박 챙겨준 가족, 해외 정착금을 보내준 사장님, 병원에서 바라본 플라타너스. 그것만으로도 삶이 햇빛에 반작이는 물결처럼 다가왔다.

집 안에만 머문 단조로운 일상에 교감의 대상이 없었던 건 아니었다. 회사에서 나올 때 데려온 다육이는 볕이 잘 드는 내 방 창가에 정착해갔다. 통통한 잎사귀를 펼치며 자신만의 속도로 생장을 이어가는 의연한 푸르름 위에 무너지고 흔들리는 마음을 의탁하기도 했다.

뉴스에는 연일 늘어나는 확진자 수가 보도됐고 다시금 일상으로 복귀한 이들의 소식도 간간이 이어졌다. 아픔이 더는 아픔으로 머물지 않고 그 공허한 자리에 다시금 연둣빛 새잎이 돋아나는 봄의 시간과도 같은 이야기였다.

"예전엔 몰랐는데, 출근길에 느끼는 선선한 아침 공기만으로도 더없이 행복해졌어요."

병원을 나서는 어느 완치자의 인터뷰가 흘러나왔다. 그는 플래시 세례와 기자들에게 둘러싸여 어리둥절한 표정을 짓다가 생그레 웃었다. 텔레비전을 끄고 살짝 창문을 열자 아침 공기가 방 안으로 흘러들어 왔다. 푸릇푸릇한 잎사귀 위에 투명하게 내려앉은, 무언가를 움트게 하는 어느 계절의 공기였다.

다육 식물　사막처럼 건조한 환경에서 자라나 줄기와 잎에 많은 수분을 저장하고 있는 식물을 다육 식물이라고 한다. 표면에 두꺼운 각피가 있어 수분을 보호하는데, 이런 특성을 '다육질'이라고 한다. 선인장, 용설란, 알로에 등이 다육 식물에 속하며 '다육이'는 특정 다육 식물에 대한 애칭이다.

프리지어

봄아
이곳에 먼저 와야 해
볕이 들지 않는 곳에
피지 못한 청춘에게

꽃망울의 환호성과
향기의 노래로 전해줘
매 순간 꽃이 핀다고

팬데믹의 결혼식

:

　　"은행 대출을 좀 받아야 하는데, 결혼식장 계약서가 필요해서요."

　휴대전화에서 흘러나오는 그의 목소리는 젖은 것처럼 축 가라앉아 있었다. 평소 호기로운 음성에서 몇 옥타브는 내려간 목소리였는데, 결혼 준비로 신경 쓸 일이 많겠거니 생각했다. 프리랜서로 일했던 나는 그에게 계약서를 보낸 뒤 결혼식 포토테이블에 놓을 사진을 찬찬히 들여다봤다. 코를 찡긋거리며 웃는 예비부부의 마음은 그들이 날리는 연처럼 하늘 높이 붕 떠서 들썩들썩 움직이는 것 같았다.

　그 풋풋한 사랑이 이제는 임대차 계약서를 토대로 임차한 주택, 혼수 가구같이 뚜렷한 실체 속에서 잘 정착되어야 했다. 결혼이라는 건 사랑에서 파생된 각종 책임, 그러니까 전세 대출이나 월세, 보증금, 이자 같은 현실을 감당하며 뿌리내리는 것이니까. 안 그래도 그는 며칠 전 금액에 민감한 듯한 질문을 던져댔다. "저", "그" 하면서

비수기 할인율은 얼마나 되는지, 음식을 리필하면 추가 비용이 드는지 물으며 멋쩍은지 이마를 긁적거렸다.

결혼식 현장에는 대여섯 명의 학생과 취업 준비생들이 근무했는데, 주로 뷔페 홀 관리, 서빙, 주차 안내처럼 몸을 움직여서 하는 일을 도맡았다. 비록 하루 근무이지만 일에 관한 질문 사항이 문자 메시지로 수두룩하게 왔다. 어찌나 많은지 금요일마다 내 휴대전화는 이리저리 헤집는 강아지의 방울처럼 연신 딸랑딸랑 울렸다.

"저 구두 없는데, 단화나 운동화 신으면 안 돼요?"

"밥도 주나요? 일급은 일 끝나고 바로 주는 거죠? 월말이 아니고요."

"저기요. 흰 셔츠가 따로 없는데, 흰 티셔츠는 안 되나요?"

그러면 귀찮다는 듯 "돼요", "줍니다", "바로 줍니다"처럼 주어가 빠진 답을 했다. 그런 질문은 구질구질한 뉘앙스를 풍기면서도 어떠한 절박함을 담고 있었기에 밤늦게라도 답장은 꼭 남겼다.

L은 그런 질문을 보내는 아르바이트생 중 한 명이었다. 세탁 뒤탁탁 털어서 말리지 않았는지 구김이 줄처럼 그어진 셔츠를 입고 남성용 스킨을 뒤집어쓴 사람처럼 나타났다. 코끝이 찌릿할 정도로 강하면서도 그의 몸에 찌든 담배와 소주 냄새에 금세 흐릿해지는 임시

방편의 향이었다. 그건 어디서든 오래 머물지 못하고 증발할 수밖에 없는 그의 모습과도 닮아 있었다.

서른의 그는 서울 외곽의 자그마한 옥탑방에서 자취를 했다. 고단한 밤샘 작업이 많은 의류 회사 보조직을 그만두고 최근에는 주점에서 아르바이트를 시작했다. "어이쿠. 형님, 누님. 오셨습니까" 하며 빈 잔을 채워주거나 강냉이 안주를 수시로 수북하게 가져오는 붙임성으로 팁을 얻기도 했다. L에게는 주야장천 입을 봉한 채 재봉틀로 원단만 드르륵 박아버리는 일보다 사람을 상대하는 일이 적성에 맞기는 했다. 하지만 전염병의 대유행으로 그것마저 끊기자 야간 물류 창고 일과 배달, 대리운전 등 닥치는 대로 일을 하면서 생계를 이어 갔다.

언젠가 L은 하강하는 에스컬레이터에서 올라가려 애를 쓰는, 술이 거나하게 취한 남성을 본 적이 있다고 했다. 처음에는 슬랩스틱 코미디 같은 광경에 피식피식 웃다가 점차 자신의 표정이 굳어졌다고. 역행하는 듯한 상황에서 아무리 발을 굴려도 앞으로 나아가지 못하고 제자리에 머무는 상태. 그건 하루에 두 탕, 세 탕을 뛰어도 월세의 옥탑방을 벗어날 수 없고 빵 하나에 마음을 졸여야 하는 자신의 처지와도 닮은 것 같았다.

"우리 밥 언제 먹어요?"

"아직 더 있어야 해. 손님이 다 가야지. 좀 참아."

그는 빈 그릇을 치울 때면 남은 음식을 후다닥 손으로 집어 먹기도 했다. 나는 혼쭐을 내기는 했지만 L의 절제되지 못한 행동을 이해하지 못하는 건 아니었다.

L은 어느 아침 지각을 했는데, 깜박 졸다가 역을 지나쳤다고 했다. 주의를 주기는 했지만 전날 밤샘 작업으로 누렇게 뜬 얼굴과 부르튼 입술을 보면 너무 다그쳤나 싶기도 했다. 그의 얼굴을 보면 스무 살의 겨울이 떠올라서 더욱 그랬다. 오전 일곱 시까지 빵집으로 출근했던 나는 집 현관문을 열다가 머뭇거렸다. 뺨을 후려갈기는 듯한 차가운 공기가 막막하게 느껴졌고 깜깜한 추위에 발을 담그는 순간 냉탕에 들어간 것처럼 뼛속이 아찔했다. 차들이 휙휙 지나가고 그 옆에서 꽁꽁 언 길을 펭귄처럼 뒤뚱뒤뚱 걸어갔다.

새벽 다섯 시 반경 도착하는 첫 전철에는 인력 시장에 가는 아저씨들이 대부분이었다. 붉은 코만 내밀고 있던 나는 근육맨처럼 울퉁불퉁하고 두툼한 어깨들 사이에 비집고 앉아 스르르 눈을 감았다. 엉덩이가 붉게 익을 만큼 좌석은 뜨끈뜨끈했고 몸이 노글노글하게 녹았다. 주변은 한참 동안 고요했다. 그러다 '쿵' 하는 박치기 소리와 함께 머릿속에 '삐' 하는 경보가 울려댔다. 정신을 바짝 차린 뒤에는 '으아' 하고 텅 빈 열차를 무너뜨릴 만큼의 비명을 지르고 있는 듯했다. 충무로의 빵집을 한참 지나쳐 퍼런 바다를 마주한 오이도역에 혼자 남아 있는 나를 보면서.

아르바이트생들은 왔다 갔다 일하면서도 예식 때만큼은 무대에 서 있는 신랑, 신부를 한 번씩 물끄러미 바라봤다. 50명가량 모인 작은 결혼식은 오밀조밀했다. 노동을 하고 돈을 받는, 뼈마디에서 우두둑 소리가 날 법한 팍팍한 노동의 현장에서 누군가는 촉촉한 눈으로 사랑을 서약했다. 신부의 친구는 축사를 한다고 무대 앞에 서서 정작 아무 말도 꺼내지 못하고 연신 코를 훌쩍이는 소리만 마이크를 타고 울렸다. 그러다 까마득한 10년의 우정을 언급하며 "네가 좋은 사람 만나서 기뻐"라고 흐느끼며 말했다. 그 모습을 보던 아르바이트생들은 테이블의 냅킨처럼 납작하게 눌렸던 마음이 살짝 부풀어 오르는 것 같았고 곳곳에 놓인 프리지어를 말간 눈으로 바라봤다. 두꺼운 외투를 입고 마스크를 쓴 하객들은 아직 겨울 속에 있는데, 그 침묵 사이로 온기가 퍼지고 꽃송이가 샛노란 빛을 내뿜었다. 봄이 오긴 오는 것 같았다.

결혼식은 무난하게 흘러갔다. 각자 그릇을 나르고 음식을 데우기 위해 고체 연료에 불을 붙이다가도 아르바이트생들은 무언가 폭발하는 듯한 열기에 하던 일을 멈출 수밖에 없었다. 축가 순서가 되자 음악이 쿵쿵 울리면서 신랑이 박진영의 〈허니〉를 부르기 시작했다. 춤을 추는 그의 얼굴은 붉어지다 못해 검게 타들어갈 듯한 수준으로 물들었다. 때마침 봄이라고 챙겨 입은 순백의 턱시도 때문에 위태위태한 얼굴이 더 도드라졌다.

"그대를 처음 본 그 순간 난 숨을 쉴 수가 없었지."

"그대의 아름다운 모습 난 넋을 잃고 말았지."

몸에 꼭 맞는 턱시도가 찢어질 듯한, 열정이라는 열정은 한데 모아 가까스로 끌어 올린 듯한 핏대를 세운 열창에 하객석에서 폭소가 터져 나왔다. 훈훈한 분위기에 수백 송이의 프리지어는 꽃망울을 터뜨리며 막막하고 멀게만 느껴지던 봄을 코끝에 퍼뜨렸다. 사랑의 세레나데처럼 화기로운 샛노란 꽃의 절정은 L에게도 아련한 봄처럼 다가왔다. 음식 냄새 사이에 스며드는 가느다란 향기는 오랫동안 잊고 지낸 무언가를 연상케 했다.

"데이트라도 하면 이런 꽃 하나 선물해주면 좋겠다. 하긴 우리 엄마도 꽃 좋아하던데."

예식이 끝나고 L은 식당 한 곳에 앉아 밥을 먹었다. 밥알과 고춧가루가 묻은 빈 그릇들이 탁자에 수두룩했지만 그 사이로 노랗고 투명한 얼굴이 자신을 해맑게 바라봤다. 가벼운 무언가가 마음에 살랑대는 듯한 느낌이었다.

"이 꽃 가져가도 돼요?"

"애인 주려고?"

그는 씩 웃더니 자취하는 옥탑방에 두고 싶다고 했다. 잠이 오지 않는 밤 구직 사이트를 보다 눈이 침침할 때, 일이 없어 집에 있을 때, 견뎌야만 하는 기나긴 시기에 머물러 있다고 느껴질 때, 작은 봄꽃처럼 자신을 달래는 한 줄기 위로가 필요했을지도. 퇴근하는 그에게 프리지어 한 다발과 식빵 한 봉지를 건넸다. L은 다음에도 일이 있으면 연락을 달라고 했다. 문을 열고 나가는 그의 파리한 뒷모습에는 차가운 바람과 함께 달콤한 향이 퍼져 나왔다.

프리지어 봄에 피는 대표적인 꽃인 프리지어는 곧은 줄기 끝에 벼 이삭 모양의 꽃대가 사선을 그리며 여러 개의 꽃망울을 달고 있다. 줄지어 핀 단단한 꽃망울들의 시선은 모두 하늘을 향하고 있다. 꽃은 가장 아래에서부터 위의 순서로 피어나며 오랜 기간 피어 있어 봄철 화병에 꽂아두기 적당하다.

에크메아

삶을 향해
활짝 뻗은 기지개
어디로 나아가는 걸까

뻗어가는 손짓만큼
삶이 한 뼘 자랐네

희망은
멈추지 않는 자리에
새록새록 피나 봐

팬데믹의 생존자

:

지난겨울 아빠는 현관에 있는 에크메아가 추워 보인다며 안방으로 안고 들어왔다. 길게 죽죽 뻗은 잎들이 마치 팔처럼 아빠의 어깨에 매달렸다.

"아빠, 잎이 추워서 푸르뎅뎅한 게 아니라 원래 그런 색깔이잖아."

아빠는 그게 아니라며 고개를 젓더니 방 안을 요리조리 살피다 창가 옆 장식대에 화분을 두었다. 팔을 펼친 듯한 잎 위에는 햇살이 은막처럼 내려앉았다. 에크메아는 그곳에서 겨울을 보냈다. 눈발이 희끗희끗 얼룩진 듯한 잎 위에 햇빛이 닿으면 낮잠이라도 자듯 잎을 한껏 늘어뜨렸다.

몇 달 뒤 안방에서 텔레비전을 보다가 늘어지게 하품을 하는데, 파릇파릇한 꿈틀거림이 눈에 아른거렸다. '뭐지?' 하며 화분으로 시선이 다가갔다. 갈매기가 날갯짓하듯 사방에 곡선을 그려대는 잎 아래에는 좁다란 그늘이 졌고 연록빛 새순 하나가 돋아나 있었다. 하나의 뿌리에서 나왔지만 모체와는 독립된 작고 다부진 모습이었다. 문득 빼주룩하게 올라온 새순의 홀로서기가 내 모습처럼 다가왔다.

15년간 상사의 지시와 회사의 매뉴얼에 길들여진 내가 하루아침에 프리랜서가 되기로 작정한 건 아니었다. 마흔의 퇴사는 어떠한 목적을 찾겠다는 계획 없이 떠나는 여행에 가까웠다. 그 와중에 팬데믹을 경험했다. 누군가의 생명, 생계가 무너지는 소식이 곳곳에 나돌았다. 파산, 부도, 600명 대량 해고.

그중에는 미국에서 조종사 자격증을 따기 위해 8,000만 원의 빚을 지고 공부한 조종사가 더는 비행하지 못하고 오토바이 배달을 한다는 소식도 있었다. 그는 인터뷰 도중 설마설마하던 항공사 측의 해고 통보에 눈물을 흘리고 끝내 말을 잇지 못했다. 나는 그가 아침이면 상심이 가시지 않은 몸을 털고 일어나 헬멧을 쓰는 모습을 떠올렸다. 꽤 결연한 느낌으로 다가왔다. 정말로 괜찮아서가 아니라 슬픔을 받아들인 채 '살아야겠다'라는 당위로 나아가는 것일 테니까. 막막하게 찬바람을 맞으면서, 계단을 오르내리고 번지수를 찾아가 문을 두드리면서 그는 슬픔을 잠시 내려놓을 뿐이었다.

그는 달그락거리는 철가방만큼이나 텅 비어 있는 요란한 마음을 털털거리는 오토바이에 실은 채 빈 그릇을 수거했다. 그러다 밤이 오면 고단함에 잠이라도 잘 수 있었고 안녕하지 못한 하루가 안녕하게 지나갔다. 그렇게 움직이지 않으면 먹다 남은 자장면처럼 하루를 방치할 수밖에 없었고, 그건 인생을 아무렇게나 두는 게 될 테니까. 생존이라는 건 식물이 단단히 뿌리내리듯 무언가에 휩쓸리지 않고 일상을 지켜내는 것일지도. 그렇다면 그 역시 팬데믹 시대의 생존자였다.

바이러스로부터의 생존

슬픔, 두려움으로부터의 생존

막막함, 분노, 망연자실, 불안, 무기력, 우울, 불면으로부터의 생존

오토바이 헬멧과 배달 조끼가 그의 마음을 방역하는 일종의 갑옷처럼 느껴졌다. 삶이 가라앉지 않도록 몸을 움직이고 앞으로 나아가는 사람이 장착하는 삶의 안전장치 같은 것.

퇴사한 나는 일자리를 잃은 것과 다름없는 처지였다. 설령 퇴사하지 않았다 하더라도 결국에는 일을 그만둘 수밖에 없는 상황에 이르

렀을 것이었다. 수백 명이 모인 장소에 꽃을 장식하는 내 직업 또한 바이러스의 공격을 피해갈 수 없었을 테니까. 그렇다 해도 삶이 무너지지는 않았다. 찾다보면 할 수 있는 일들이 분명 있었다. 매일 같은 시간에 일어나 글을 쓰는 일상을 보냈고, 프리랜서로 꽃 장식을 하거나 강연을 하면서 할 수 있는 일들이 이어졌다.

에크메아를 안방에 들여온 날 아빠는 말했다.

"왜 잎이 옆으로 퍼지지 못하고 위로만 길게 뻗어 있겠어. 볕이 잘 들지 않는 곳에서 자랐던 거야. 사람이든 식물이든 있어야 할 곳에 있어야지."

있어야 할 곳

'그게 어딜까?' 하고 생각에 잠겼다. 솟아나는 새순처럼 무언가를 향해 나아가는 시간. 그렇게 자랄 수 있도록 햇빛이 나를 비추는 시간은 '지금'이 아닐까.

에크메아 새순은 점점 자라나 뾰족한 머리끝이 모체의 커다란 잎에 닿기 시작했다. 그러면 알아서 다른 방향을 향해 몸을 기울여 뻗어나갔다. 어느 날 아빠는 부쩍 자란 새순을 모체와 분리하기 시작했다. 흙더미에 엉겨 붙은 부슬부슬한 뿌리의 한쪽에는 새순의 밑동이 단단하게 붙어 있었다. 그 부분은 엄밀히 말하자면 '자구'라 부르는데, 한자로 '아들 자子', '공 구球'로 이어진 말이었다. '동그랗게 생긴 새끼 식물'이라 해서 붙여진 이름이었다. 나는 문득 이 푸릇푸릇한 생명의 환희에 더욱 숭고한 의미를 지어주고 싶었다. '스스로 자自', '구할 구求', 스스로 자신을 지켜냈다는 의미로. 그것이야말로 추위와 고립의 시기를 거쳐 귀퉁이에서 살아남은 이 위대한 생존자를 칭하는 것일 테니까.

에크메아 원산지인 남미의 브라질에서 나무나 바위에 붙어서 자라는 착생 식물로, 잎 가운데 푹 패인 부분에 고인 빗물로 수분을 섭취한다. 집에서 기를 때는 흙 위에 물을 주어도 무방하다. 타원형의 잎 위에는 하얀 가루가 무늬처럼 묻어 있어 이국적인 느낌이 든다.

에 필 로 그

     기억에 마음을 더해 이야기를 써 내려갔다. 혼자 있는 시간이 대부분이었지만 글을 쓰면서 외롭지 않았다. 글 속에서 누군가와 연대하고 있었으니까. 비정규직이었던 나와 옥탑방의 L과 먼저 떠난 J와. 그 흩어진 마음들을 글 속에서 만났고 다시 태어나는 것 같았다. 하나의 단단한 뿌리 속에서 각자의 새잎을 올리는 다육 식물처럼. 나와 여정을 함께한 당신의 마음에도 꽃 한 송이가 피었기를.

  살아 있는 계절은

  깊고 신비로워서

  한 가지 색으로 담을 수 없는 것처럼

  삶이 소모되거나

  아픈 이별을 마주했다 해도

  누군가 인정해주지 않아도

실패나 포기로 삶을 규정하지 않기를

힘들었던 건

능력이 부족하다거나

운이 나빠서가 아니었음을

깊은 땅속에 박힌 씨앗처럼

막막한 길을 더듬고

뿌리를 내리느라 아팠음을

이제는 알지

애써온 시간의 바람을 타고

뜨겁게 내린 눈물로

정직하게 내린 뿌리로

곱다란 꽃이 피었네

나비야 잘 보듬어주렴

꽃이 쉽게 꺾이지 않도록

우리의 삶이 쓸쓸하지 않도록